そしていま、一人になった

吉行和子

集英社

上／1歳の和子を抱く母・あぐり、29歳。山の手美容室を開き、多忙な日々の合間に。下／兄・淳之介34歳、和子23歳。和子は劇団民藝の若手ホープ、兄は文壇の寵児であった。

母の生まれ故郷、岡山のレンゲ畑で。（撮影：秋元孝夫）

2017年の映画「春なれや」（外山文治監督）は、熊本県菊池市の桜の名所を舞台に、老女と青年が心を通わせる短編映画。

そしていま、一人になった

目次

第四章　兄・淳之介、妹・理恵との日々

はじめに

そしていま、私は一人になった

母あぐりが九十九歳まで歩いた土手の桜

市ケ谷駅のすぐ近くに住んでいる。ここからは四ツ谷駅に行く土手と、飯田橋駅に行く土手があり、桜が咲く頃は見事だ。桜は空襲で焼けてしまったから、戦後植え直したとしても、もう七十年以上たっている。この土手を我が家の連中はこよなく愛していた。戦争中も桜だけは何の気配も感じないかのように美しく咲いた。

戦後すぐまでここの住所は麹町区土手三番町となっていた。現在は千代田区五番町となり、「土手」は外されてしまった。ちょっと残念だ。

私は八十年以上ここに住んでいるので、八十年近くこの土手を歩いている。妹は六十六で人生が終わってしまうまで歩いた。ここだけは空気がきれいで元気になる、と言っていた。母ときたら、九十九歳で転んで骨折するまで、一日も欠かさず早朝散歩をしていた。

父はどうだったのか、兄はどうだったのか、話を聞く術《すべ》がないのが残念だ。

おそらく、泉鏡花は歩いていたに違いない。これも確かめるわけにはいかないが、『草迷宮《くさめいきゅう》』などを書く鏡花にはふさわしい場所だ。細い体にぞろりと着物を着て、この土手で小説の構成などを考えていただろう。

すぐ近くに鏡花の住んでいた家があり、案内板に、ここで一九三九（昭和十四）年、六十五歳で亡くなるまで、『婦系図《おんなけいず》』などの作品を書いた、と記されている。玄関には一本の桜の木があり、まっ白な花を咲かせていた。

私はピンク色の桜並木を通り抜けると、最後はこの白い桜を見上げ、満足してその日のお花見を終えていた。だが十年くらい前にこの家は取り壊され、桜も伐り取られてしまったので、花見の止めがなくなり、物足りない。

そしていま、私は一人になった。

先日、テレビのインタビューで、八十年はあっという間でしたか、と質問された。あっという間でした、と答えようとして、あれっ？　と疑問が起きた。

いまここにいる私は、あっという間にこんなところに立っているが、じゃあ、その前からの私って、私だったのか、というギワク、しかし短い時間でそんな個人的なギワクについて語っても軽いインタビューの流れが途切れるので、「あっという間」にしておいた。いずれにしても他人にはそれほどの問題ではない。

そんなことから、では私の八十年はどうだったのか、と考えはじめた。

その年月は確かに私自身であったのだけれど、どうしても自分とは思えない。思い出す私の数々は、別の私としか思えない。

はじめての娘を可愛がった父

私は市ケ谷で生まれた。近所の病院で生まれたとき、母の枕元に母の母、つまり私の祖母が立っていたという。私が物心ついた頃、その人はすでに亡くなっていたので、私は会ったことがない。母・あぐりに言わせると、私はその祖母の生まれ変わりで、だからあなたはすっとんきょうなところがあるのよ、と言う。「素頓狂」。広辞苑によると、「非常に間の抜けたさま」のことだ。なるほど。

二歳のときに小児喘息になり、発作ばかり起こす私は、働いていた母の手におえなくなり、父が面倒を見てくれていた。四歳のとき父が死んだので、そのとき、これから私はどうやって生きていくのだろう、と思ったくらいだ。

悩みもなかった2歳の頃。

記憶としては、三歳の終わりから四歳までを断片的に覚えている。その時期、転地療養として静岡県伊東の知人宅の二階に住んでいた。喘息には海の側に住むのがよい、という説に従ったのだ。

東京と伊東を行き来できるのは、小説家をやめてぶらぶらしていた父・エイスケしかいない。父は時々来て遊んでくれた。とくに肩車は好きだった。高い所にいると、見えなかったものが発見できるような気がしてワクワクした。父はいつも着物を着ていたから、着物のざらっとした感触が気持ちよかった。

五、六枚のセルロイドの切れ端を持って来て、これで景色を見てごらんという遊びも好きだった。グリーンや赤や黄色があった。色が変わると、まるで景色の感じが変わるので、ドキドキした。セルロイドもめずらしかったのかもしれない。セルロイドは燃えやすいから周りに火の気のないのを確かめるのだよ、電灯の近くもだめ、と注意され、部屋中を見廻してから、景色見ごっこをはじめたものだ。

四歳が終わろうとしていた夏、いつも着物で来る父に、「今度来るときは、普通のお父さんみたいに洋服で来て」と頼み、「わかった」と約束してくれた。次のとき、父は白い背広で現われた。約束を守ってくれたんだ、と嬉しかった。

開け放たれた障子の向こうを通り過ぎたので、きっと山高帽なんか被って笑わせてくれるんだ、と待っていたのに、父はそのまま消えてしまった。あれは父の何だったのだろうか。

そのときはどんな気持ちだったのだろう。なぜ？　という疑問を持った覚えはない。私は幼すぎたのだろう。それから少したち、東京へ連れ戻された。父が死んでしまったからだ。

東京へ戻った日、玄関に迎えに出て来たのが十一歳年上の兄、淳之介だった。坊主頭で、縦縞のパジャマを着ていた。これがお兄さんか、と思った。兄は腸チフスで長い間入院していたがやっと治り、家に戻ったばかりだったとあとから知る。一歳の誕生日を迎えたばかりの妹・理恵がいた。ずいぶん太っているな、と思った。

母は、美容室で働いていたのだろう、姿を見せなかった。

座敷に蒲団が敷いてあり、その上に座っている年取った女の人がお手伝いさんにいろいろ指図して、私の蒲団をその人の隣に敷き、「ここで寝ていなさい」と言った。喘息の発作は起きていなかったので寝たいとは思わなかったが、ともかくこの子は病気なのだから寝るのが当たり前、と思っているらしかった。

喘息という病気は不思議な病気で、発作が起きているときは死ぬほど苦しいのだが、治れば普通の人と同じに元気でいられる。この病については未だに解決法はない。当時に比べれば薬もできてだいぶ楽になってはいるが、やはりこの苦しさは本人にしかわからない。

その日の私は元気だったので、寝ていたくなかった。はじめて見る家のなかを探検したい気持ちだったのだが、その老女の物言いに押されて静かにしているしかなかった。

ネオンサインが光る山の手美容院

この女性は父の母で、岡山にいたのだが夫とうまくいかず、長男であるエイスケの家で暮らすのだと一人で岡山から出て来た。大きな荷物を片方の手に持ち、もう片方には立派な置時計を持っていたという。その時計を庇《かば》うために複雑な転び方をしてそのまま立てなくなってしまった。市ケ谷駅での出来事だ。せっかくここまで来たのに、それっきり歩けなくなっていた。

面長の美しい顔立ちの人だったが、私はどうも馴染めなかった。名前は盛代《もりよ》という。私がだいぶ大きくなってからのことだが、兄にとって気に入らないことを言うと、「盛代バアサンに似てきたぞ」と、嫌がらせを言われたから、兄もこの祖母を煙たがっていたのだろう。

相当なお婆さんだと思っていたが、亡くなったのは五十八だという。のちに聞くところによると、祖母は兄を溺愛し、母が兄を叱ると、あぐりはエイスケに構ってもらえないからヒステリーを起こしていて、淳之介に当たるのよ、とお手伝いさんに言ったとかで、むかついた母は、だから私は一切淳のことには口を出さなかったのよ、と言う。

同じ敷地内に美容院が建っていた。それほど広くはないが三階まであり、ほぼ三角で丸い窓がついていた。実際に建ったのは一九二九（昭和四）年、まだ私は生まれていないときだ。父があまり勝手気儘《きまま》に生きているので、岡山で「吉行組」という土木建設業の大将だった祖父は、とても跡継ぎにはさせられないと見切りをつけ、市ケ谷に百坪ちょっとの土地を与え、縁を切ったという。

そこにペパーミントグリーンのビルが建った。設計したのはドイツ帰りの前衛美術家で舞台演出家でもある村山知義《ともよし》さん。父と村山さんは世界の新しい動きを、この市ケ谷駅の前に出現させることに情熱を注いだ。

屋根の上にはネオンサインがあり、「パーマネント・ウエーヴ」という文字が光っていた。当時は方法がわからなくて、大きなバッテリーをわざわざ備えつけ、ピカピカ光らせていたそうだ。目立てばいい、というわけだ。店の名前は「山の手美容院」。

私が知っている美容院の外壁は銀色だったから途中で塗り替えたのだろう。この建物の写真は一九九七（平成九）年にオンエアーされたＮＨＫ連続テレビ小説「あぐり」にたびたび出てきたので、実際に覚えていたのか、テレビで観てかすかに思い出したのか、曖昧だ。

子どもだった私には、そこは自分の家という感じは全くなく、西洋のお城のように遠い存在だった。そのなかで母は働いて生活を支え、そのお金の大部分は父の遊びに使われていた。

めずらしい建物は評判となり、お客様も大勢いらしてくださり、母は朝から夜までその建物のなかで過ごす日々になった。当時の有名な女性達もいらしていた。オペラ歌手の三浦環《たまき》さんもお客様で、そのあまりに強い香水のせいで母はアレルギー反応が起き、顔が真っ赤になったという。

一家の生活を支えた美容師の母

一階は待合室で、アールデコ風の置き物やシャンデリアまがいの電気装置があって、ときにはダンスパーティなども催され、当時のモガ、モボ達が集まっていたらしい。モダンガールとモダンボーイ、と呼ばれた人達だ。

母に言わせると、私は関係なくただ働いていただけで、エイスケさんが勝手にパーティを開いていたのよ。だいたい私はエイスケさんとおしゃれをして出掛けたことなんて一度もなかったし……ということだが、後日、当時の流行の姿をした二人がしっかりカメラ目線で写っている写真が発見された。

「何よ、これ」と母に言うと、「あら、本当、すっかり忘れていたわ」とケロッとしていた。

子ども達は美容院に入ってはいけないことになっていた。髪の毛が散っているから、それは子どもの成長によくない、という理由だった。仕事熱心な母は、子どもにウロウロされては邪魔だったのだろうけど「ジャマだ」と言うと子どもを傷つけるから、と考えついた言い訳らしかった。

三階にはハシゴのような外階段が付いていた。七歳ぐらいのときだったと思う。私はその階段をよじ登り三階に入ってみた。四方が鏡になっていた。いろいろな結び方の帯の見本が並べてあり、着付室だとわかった。お客様は髪を整え、ここで余所《よそ》行きの着物に着替えて、どこかに出掛けて行くのだろう。

鏡の間に入ったときは驚いた。一度にたくさんの自分の姿が見えたからだ。見たこともない私がいた。後ろからも横からも遠くからも、すぐ目の前からも、私に向かって迫ってくる。これにはかなり昂奮した。いつまでも飽きない遊びとなった。その後も、何度もこの部屋に遊びに行った。あとで知るのだが、兄も妹も、この部屋に忍び込んでいたそうだ。

わが家の連中は話し合うことがほとんどなかった。だからそれぞれが書いたものであとから知ることが多い。

兄の本のなかに、小学生の頃、滑りやすい屋根瓦の上を歩くのが好きだったとあり、これも私と妹が好んで遊んだのと同じで、ちょっと嬉しくなった。妹とは四歳違いなので同じ思い出もいくつかあるが、十一歳違う兄とは情報交換はまるでなかった。

ずっとあとになり、私も大人になったのでその年齢差は縮まり、屈託なく会話ができるようになった。電話が主だったが、たわいない情報交換に花を咲かせたものだ。

お笑い番組の好きな兄は私のドラマは一切観ないのに、「笑っていいとも!」などに出ると決まって電話を掛けてきて、あそこが面白かった、などと感想を言ってくれた。お笑いの人四人と対談するんだけど、タモリ、ビートたけし、明石家さんまときて、あと一人、誰がいいだろう、などと、真剣に悩んだりした。二十年以上も前のことなのに、この三人はいまでもお笑いの王者なのは凄いことだ。

第一章

母・あぐり、百七歳の静かな旅立ち

九十一歳の海外旅行

旅に出て母を知る

一九九八（平成十）年の冬、母とはじめて旅をした。そこで九十一歳の母・あぐりと寝食を共にする経験ができた。全くはじめてのことだ。若い働きざかりの頃の母は、白い仕事着の姿しか思い出せない。一緒に食事をした覚えもない。四十歳過ぎに再婚してからは、他人が働いているという感じで、仕事着の姿を見ていた。

その年はとくに忙しかった。舞台を演《や》り、テレビドラマも掛け持ちで、疲れ果て、十二月にやっと休みをとって友人達とメキシコ旅行をすることにしていた。「ちょっと行ってくる」と報告すると、「仕事？」と聞く。「ううん、遊び」、と言ったとたん、「私も行く」と叫ばれてしまった。再婚した夫が前年亡くなっていた。母と同い年だったから九十歳だった。

それから一年、私の様子をうかがっていたらしい。年に一度は海外に遊びに行く私を、いつもうらやましく眺めていたのだろう。「だってメキシコだし」と言うと、「へっちゃらよ、東京と岡山の美容室を行き来していた頃は十八時間もかかったのよ」と、新幹線もなかった昔に思いが戻ったのか、昨日のことのように話す。

あっという間に下着や替えの服などを風呂敷に包み、「あなたの鞄に入れて」と差し出した。困り果てて友人に相談すると、若者も何人かいるし、大丈夫ですよ、と。

そのうち身体がチクチクしだした。医者に行くと帯状疱疹だという。

母に言うと、「あら大変、じゃ理恵には内緒にしておきましょう。あの人は大変な心配性だからね」と、まるで中止にする気はないらしい。そのまま決行となった。

薬をべったり塗って放心状態の私の隣で、母は機内食をパクパク食べると、持ってきた文庫本を読みふけっている。なんて人だ、と呆れるしかなかった。

母は旅上手

メキシコに着いても母は元気いっぱい。メキシコ料理を食べ、買いものに行くと、黒地に大きな蛙の絵のついたTシャツを見て、「メキシコらしいわね、これを着て歩きたいわ」と言い、その場で着替えはじめた。

「ちょっと待ってよ、いくら年寄りだって」と、スカーフで母を隠す。ヘルペスがだんだん広がってきて、私はスカーフで体を隠しながら歩いていたのだ。

私達の行ったカンクンはメキシコシティから飛行機で二時間くらい。すっかり夏の気候で、買ったばかりの蛙のTシャツはすぐ汗びっしょりとなっていた。

ホテルに戻り、着替えましょうと脱いだら背中が真っ黒。私ははじめて見る母の背中に、ああ、年を取るとこんなに黒くなるのかとギョッとしたのだが、メキシコ製の安物Tシャツから色が落ちて、身体を染めていたことがわかり、ほっとした。可愛いからみなさんのお土産に買いましょうと言っていたが、買わなくてよかった。

その晩から私は寝込んでしまった。母は寝ている私をちらっと見て、「大丈夫？」と声を掛けるが、思いは翌日のことでいっぱい。着替えをきちんとたたみ枕元に置く。その日着た下着は洗濯する。何でも一人でテキパキとやっている。

母を連れて来たらどれだけ私が面倒を見なくてはいけないか、と覚悟していたのに、まるで手が掛からない。たいしたものだと感心した。

寝ている私を置いて友人達とメキシコ人の家庭に招待された母は、現地の人達とダンスまでしてはしゃいでいたそうだ。

一緒に旅をしはじめたのは母が91歳のときから。海外も旅慣れた様子で驚かされる。

一緒に旅をして、やっと親子になれた

九十代で旅の面白さを知る

次の年はネパールだった。メキシコ旅行を知ったテレビ局の人が、旅番組を作りましょうと言ってくださった。ネパールは明治の雰囲気が残っていますから、あぐりさんが懐かしがると思いますよ、と言う。それが趣旨らしかった。

メキシコ旅行ですっかり味をしめた母は大乗り気。まだ美容室をやっていて、お客様相手に仕事をしているときがいちばん楽しいと言っていたのに、お客様の数も少なくなってとっても暇なのよ。だから少しお休みさせていただくことにしたわ、とさっさと話をつけている。

この美容室は、母が七十二歳のとき、いままでやっていたやり方では無理、若い人達と働くとお互いが気を遣ってよくないと解散して、一人で、それまで五十年以上いらしてくださったお客様だけを相手にしてはじめた、八坪くらいの小さい店だった。シャンプーから仕上げまで、一人でやる、これが夢だったのよ、と元気に働いていた。

ネパールもかなり遠い。乗り継ぎの時間も長い。けれども母は、すまして文庫本を読んでいる。本を読んでいるから、機内でも乗り継ぎ待ちで空港にいても家にいるのと同じだと言う。

「何読んでるの」と聞くと、「淳之介と理恵のよ。すぐ忘れるから何度読んでも面白いのよ。あなたのはエッセイだから簡単でしょう。すぐ覚えられて、一回読めばいいの」。

ハイハイそうですか、などと会話をするのもはじめてのことだ。

旅があって、私達は、会話というものをした。この時期になっての親子の会話。アナタ背が伸びたわね、伸びないわよ、だって前は私のほうが高かったのに、私より高いわ、そりゃ縮んだのよ。一六四センチあった母は若い頃大女とからかわれていた。多分十センチくらいは低くなったのだろう。

「ネパールで明治の思い出を」と言っていたスタッフは、母がちっとも反応を示さないので焦りはじめた。カメラを構えて草のなかに隠れ、用意した石臼でソバの実をひいているお婆さんをセッティングした。通りかかった母が「あら懐かしい、私の子どもの頃にはよく見たわ」と、涙を流してくれるかもしれないと期待したのに、母はちらっと見て通り過ぎた。

ディレクターが、「あぐりさん、石臼ですよ、懐かしくありませんか」と聞くと、「あなた達はめずらしいかもしれませんけれど、私はよく見てましたからね」とスタスタ行き過ぎてしまった。車の窓から見える景色も、「明治時代の景色に似ていませんか」と話をふられると、「あのね、明治、明治って言うけど、私は明治四十年生まれ。すぐ大正になったんだから、どこまでが明治かなんてわかんないわよ」と、ちょっと不満気だ。

王様も占うという、有名な占い師のところに行った。古ぼけた建物の狭い階段を上がると、その占い師は大きな座布団の上にちょこんと座っていた。なかなか感じのいいおじいさんだ。

母の生年月日を聞くと、しばし沈黙。立ち上がって奥に入ってしまった。なかなか出て来ない。だいぶたって、長い巻紙を持って現われた。どうやら母くらいの昔の人のデータはもう仕舞い込んであったか行方不明かで、調べるのに時間がかかったに違いない。そして、その巻紙を開きながら、「このかたは大変徳を持っていらっしゃいます。九十七歳のとき、何かが起こります。それを乗り越えると、百三歳まで生きることができます」と言い、その巻紙を筒に入れて、うやうやしく渡してくれた。

建物を出ると、ディレクターは「あぐりさん、すごいじゃないですか。百三歳ですよ、たいしたものだ」と褒めてくれているのに、「占いなんかに当てられるのはシャクだから、その前に死んでやるワ」と啖呵《たんか》を切った。

その後も元気で仕事をしていたのに、九十七歳のとき、軽い脳梗塞をやり、すぐ治って後遺症もなかった。やっぱり当たった、じゃ百三歳で亡くなるのかと思っていたら、百七歳まで生きた。占いに当てられなくて満足したかな。

母との旅行は神様からのプレゼント

そのあとは香港、上海、台湾と近いところをまわった。香港は、私が出演した浜野佐知《さち》監督の「百合祭《ゆりさい》」という映画が上映されたので一緒に行った。

仕事場に子どもやペットを連れて来て、顰蹙《ひんしゅく》をかっている女優はいるが、親を連れて行くという話は、あまり聞かない。

この映画は老女達のレンアイ模様を描いたものなので、迎えに来た香港の若い男性スタッフが、母を主演女優と間違えたのは可笑《おか》しかった。

上海では、これまた母の一面を見せられた。中国の水郷を訪ねて、その旅を記事にするという仕事をいただき、内容について「何カ所かを巡ったあと、最後は上海から戻ります」と書いてあるのを母は発見した。

数日後、私の部屋のポストに紙がつっこまれていた。用事のあるときは、よくこれをやる。新聞のなかに入っているチラシの裏が白いときは、そこに書く。

その紙には、「お仕事でいらっしゃるのに申し訳ありませんが、どうしても上海に行きたいのです。どこかで死ぬかもしれませんから、ご迷惑をお掛けすることになるかとも思うのですが、エイスケさんが過ごしていたという、上海の街を見てみたいのです」と書いてある。かなりの達筆、字に力がみなぎっている。

父・エイスケが上海にいたことがある、というのは、テレビドラマ「あぐり」が放送された頃、テレビ局の人から知らされた。母は、「あらそうですか、どうりで家にいないと思いました」と笑っていたのに、やはり気になっていたのだ。

同行してくださる出版社のかたが、「いいですよ、一緒に行きましょう」と言ってくださり、またまた親子旅がはじまった。新しい建物がどんどん建っていくなかで、そこだけ古ぼけた一角があり、そこにかつて日本人が住んでいたという。何か理由があるのだろう、入口には番人がいた。

通訳の王《ワン》さんがその人に、「昔、日本人が住んでいたのを知っているか」と聞くと、

父・エイスケが過ごした上海の街をどうしても見たいと、中国取材の仕事に母も同行。

「知っている」と言う。「このあたりの部屋か」と聞くと、「それはわからない」との答え。王さんはかなりのイケメンで、母も気に入っていた。それまで私の腕に摑《つか》まって歩いていたくせに、いつの間にか王さんに乗りかえていた。

「もう少し情報はないでしょうかね」と聞くと、あの門番もアルバイトみたいだし若いし、無理です、とそれ以上頑張る意欲はない。イケメンは概して薄情だ。

　泰山木《たいさんぼく》の大きな樹が入口にあり、うまい具合に葉っぱが一枚ヒラヒラと落ちてきた。

「この木も昔からあったんでしょうね。この葉っぱを、淳之介のお土産に持って帰りましょう」と、母は自分のポシェットに入れた。

　次はいよいよヨーロッパね、ヨーロッパの郊外に行くのが、五十年前からの夢だったと言う。何でも五十年前になるのだが、私も行きたいし頑張るか、と実行した。

　運良くイタリアのトスカーナ地方に住んでいるかたに案内していただき、はじめてのヨーロッパはローマで一泊。

「ヒマワリ畑のどこまでも続く道、なにもかもスケールが大きいわね、これが夢に見たヨーロッパなのね」と感心しているのはいいが、「実はね、私、フランスの郊外に行きたかったのよ」と言う。

　まったく、早くそれを言ってくれれば考えようもあったのにと思ったが、よし、今度はフランスだ。誰か言葉のわかる若い女性をさがして、通訳としてついて来てもらおうとまで考えたが、それはできずに終わった。

母と一緒に行く海外は、私一人ではどうしようもない。誰か親切な人に同行してもらうよりほかないので、なかなか大変。そこで母が九十六歳になってからは、日本国内を旅しようということにした。

「うれしいわ、五十年前から行きたかった宮崎のコスモスを見たいの」、で宮崎行き。

もう一カ所、やはり五十年前から行きたかったという岡山のレンゲ畑も訪れた。「岡山にはたびたび行ったけれど仕事ばかりで、一面レンゲの咲いているのは写真でしか見たことがなくて、あのなかに立ってみたい、とずっと思っていたのよ」と。

日本なら何とかなる。仕事の合間に二、三日、あちこち出掛けた。湯布院の温泉に行ったときは、宿のご主人が街を案内してくださった。

「お年なのにお元気ね、私よりどれくらい上かしら」と言うから、「アナタより年上の人は街を歩いていません」と強めに言ったら、ウェーンと泣き真似をした。旅を通じて、私達はやっとうちとけることができた。

雑誌のグラビアでも、いろいろなところに連れて行っていただいた。

担当の女性編集者は、楽しげな写真を撮りたいので笑ってください、はい、こんなポーズも、と自分でやってみせて、私達は思わず笑ってしまった。彼女は売り出し中のアイドルなども手がけていたので、上手に乗せてくれた。

子どもの頃の思い出話を聞かれ、一人で寝るのがさみしくて、母の革の手袋をして寝たことがありましたと言うと、あら、かわいそうな子だったのね、と母はあっさり言い、みんな笑うしかなかった。

このような時間ができるとは、かつては想像もしていなかった。母が長生きをしてくれたおかげだ。神様のプレゼントとしか思えない。

50年来の夢だったという母とイタリア郊外への旅。「ローマの休日」で有名になった真実の口で。

百歳のヒミツ

母が編集した理恵の『青い部屋』

百歳になった母は、病室で天井を見上げてじっと考えごとをしているみたいだ。「何考えてるの」と聞くと、「ヒミツ」と言った。なにぃ、百歳のヒミツって、何よ、こわいわね、と私は笑った。

母は知らん顔をしている。ほんとに、この人はわからない人だったな、と思う。数々の、わからない母の姿が浮かぶ。

妹が死んで、それを知らせるために、股関節骨折の手術のあとまだ入院していた母のところに行った。看護師さんなどが部屋に出入りしていない早い時間にした。九十八歳だった母はもう起きていて、机に向かって本を読んでいた。

母の背中から、「理恵が駄目だったの」と言った。一瞬ぴたっと息が止まり、バタッと机につっぷした。

困った、泣き出すんだと思ったのだが、母はすぐ顔を上げて、理恵の小説を持って来てちょうだい、あの人の作品はとてもいいのに、全部絶版になっているから、自費出版で何編か出しましょう、すぐ持って来て、と言う。

妹はなかなか小説が書けなかったから、そんなには単行本はない。家に戻り、病院に届けた。

その日から母はまるで辣腕《らつわん》編集者のようにページをめくり、次々に選んでいった。自費出版といっても出版社がなければできないので、以前、母の『梅桃《ゆすらうめ》が実るとき』を出版してくださった文園社の中島園江さんに相談したところ、「うちで出しましょう」と言ってくださり、『吉行理恵レクイエム「青い部屋」』として、出ることになった。「青い部屋」というのは、妹がはじめて自費出版した詩集のタイトルでもある。

青い部屋

わたしは青い部屋の中です

雨戸に叩きつけるのは雨の音でなく
気の狂《ふ》れたばあさんのわめき
〈むすこをかえせ　むすこをかえせ〉と
わたしの壁にぶつかるから
かたく雨戸をしめて
わたしは青い部屋の中です
（後略）

『吉行理恵レクイエム「青い部屋」』（文園社）より

かなり長い不思議な詩だ。妹の精神状態はこうだったのだろうと想像がつく。

この本のはじめに、「理恵へ　母あぐりより」として、こうあった。


理恵すみませんでした。母親はいつも子供によりそって、いろいろ世話をする人と理恵は思っていましたのに、私はまったく違いました。

いつも心の奥深く三人をかかえていました。

（中略）

遠い日、理恵は私の後ろ姿を「待って頂戴!」とさけびながら追いかけていたのでしょう。私は気がつかないでいました。

母と子の切ない別れ

もしかして、あのときのことかと、私は思い出した。

戦争中、妹と私は神奈川県の片瀬に疎開していた。まだ十代のお手伝いさんが一人、一緒にいた。

母は一週間に一度、美容室の休みの日に片瀬まで私達に会いに来てくれた。いまのようにパックに入っているわけではないお豆腐をアルミのお弁当箱に一丁だけ入れて持って来た。満員電車に揺られて来たはずなのに、くずれていないのが不思議だった。私達は大喜びで、お手伝いさんと三等分にして食べた。

夕方になると母は東京へ帰って行く。江ノ電の通る一本道を、母はすたすた歩く。私達は、「帰らないで」、とあとを追う。母は決して振りむかない。そのうち、防空頭《ず》巾《きん》をかぶり、ますます早足で駅へ向かう。妹と私は途中まで頑張って追いかけて、無駄だとわかると慌てて家に戻り、窓を開けて江ノ電が通るのを待つ。

母を乗せた江ノ電が、すぐ目の前を通り過ぎて行く。ドアにぴったりと顔をつけた母の目は大きく見開かれて、こっちを見ている。怒っているようにさえ見える。どんな気持ちなのだろう。一晩でも泊まってしまったらなしくずしになる、と自分を律していたのだろうか。

空襲で家を焼かれ、とうとう母も疎開しなくてはならなくなり、私達と一緒に山梨県の奥深くにある知人の家に行くまで、毎週片瀬での親子の別れは続いた。私達も諦めず、母を追いかけ、母も自分の決めたことを破らずにいた。

「あのときはねえ」などという話を、私達はいっさいしない。だからもう忘れてしまったのか、とも思っていたけれど、数十年がたったいま、あれこれ、思い出しているのかもしれない。

身を切るような想いはいくつもあっただろう。それらは一緒くたになり、母の頭のなかで固まって残っているのだろうなと想像する。

「ヨーロッパの郊外へ！」という母の希望でイタリアのトスカーナへ。母にとってはじめてのヨーロッパへの旅だった。

戦争を知っている

私の戦争体験

戦争が廊下の奥に立っていた　　渡辺白泉

渡辺白泉《はくせん》のこの句を見ると、いつもドキッとする。昭和の初期につくられた句だから、戦争は身近にあった。そして数十年たったいま、また身近になりつつあると感じないわけにはいかない。

だいぶ前になるが、売り出し中のお笑い芸人のコンビが司会をしている番組にゲスト出演したとき、「そうね、戦争中は……」と言ったとたん、「えっ！　第二次世界大戦知ってはりますの!!」と驚かれて、こっちも驚いた。

彼等にとって、戦争は昔々の出来事だったのだろう。まるで歴史上の人物、みたいな目で見られてしまった。

同世代の人が戦争中の話を詳しく話したり、書いたりしているのを知ると、私はのん気だったと、引け目を感じる。

それでも、火が目の前まできたことはあった。私は八歳、妹は四歳だった。私の住む町には「空襲が激しくなったら靖国神社に避難すること」とのおふれが出ていた。防空壕に入っていると、「空襲が激しくなったから外へ出て逃げなさい」と言われ、母と妹と外へ出た。空がまっ赤になっていた。

靖国神社の方向に走ったが、ますます火が強くなり、近くのポストのところにうずくまっていた。身動きできないでいるうちに火勢が少しおさまったので、またおそるおそる防空壕まで戻った。その防空壕だって本当は危ないのだが、運よく助かった。

子どもだからこそわかる真実

さすがに母も、これはもう無理だと感じて私と妹を片瀬に疎開させた。海のすぐ近くの家だった。

大人の女達は海に向かって竹槍を構え、エイ、エイ、ヤーと訓練をしていた。海から攻めてくるアメリカ兵を竹槍で刺し殺せ、という命令が出ていたそうだ。

もんぺ姿の女達は海岸に並んでずいぶん長い時間エイ、エイ、ヤーとやり、それを兵隊が見張っていた。私も妹もただ驚いて見ていた。

「お嬢ちゃん達もやんなさい」と兵隊さんに言われた。兵隊さんは冗談みたいに笑って言ったけれど、恐くて手をつないで家まで逃げて帰った。

私達の遊び場は海岸しかなかったので、よく歩いていた。いろんな貝を見つけるのが唯一の楽しみだった。さくら貝は宝物だった。

訓練をやっていない時間は静かだったのに、その日、人だかりができていた。近づいていくと、黒っぽい死体を囲んで女達がさわいでいた。飛行機が海に墜ちたそうだ。

「日本人だ、日本人だから引っぱって来たんだ」と、女の人が大きな声で周りの人達に教えていた。すぐ筵《むしろ》がかぶせられたが、頭のところが少し見えた。頭は割れて、茶色いものがはみ出していた。

日本人だから助けたと声高に叫ぶ言葉に、違うんじゃないか、アメリカ人だってかわいそうだと、子どもながらに疑問を持ったのが、自分でも不思議な気がした。

その夜、夢を見た。それは脳みそを食べている夢だった。指についたのをなめてみたら、塩《しょ》っぱかった。その味はいまでも思い出すことができる。

アメリカ兵がいつ攻めてくるかわからないから、飛行機の音が聞こえたらすぐ伏せるようにとも言われていた。道を歩いていても音が聞こえると地面に腹ばいになった。アメリカ兵の飛行機は子どもだとわかっても撃ち殺す、と教えられた。

片瀬の一本道を若い兵隊の列が訓練のため走らされていた。ずいぶん遠くから走って来たのだろう、道端でバタバタ倒れた。それを自転車に乗って追いかけて来た上官が太い棒でひっぱたいて、無理にでも立たせてまた走らせた。自転車なんかに乗っていないで、自分達だって走ってみればいいのにと、憤慨した。

冬薔薇《ふゆそうび》昔兵隊だった人　　窓鳥

窓鳥《まどがらす》というのは私の俳号だ。この句を詠んでから、やたらと昔兵隊さんだった人、ということが気になってしまった。もうずいぶん少なくなってしまっているけれど、兵隊だった人と、そうでない人生を歩んだ人の違いは大きいと思う。

その後も地震や台風、津波とつぎつぎに災難は起こっていて、それを経験した人と、そうでない人との違いもある。いつ何が起きるかはわからないとはいえ、戦争に行くのだけは金輪際あってはならない。

しかし戦争を経験したかたがたを知ると、その体験が大きかっただけに人間としての根本はしっかりと深い。

二〇一八（平成三〇）年早春に九十八歳で亡くなった俳人・金子兜太《とうた》氏もそうだった。

水脈《みお》の果て炎天の墓碑を置きて去る　　　金子兜太

トラック島で敗戦を迎えられた金子先生は、目の前で死んだ人達をたくさん見ていらした。その人達を残して自分は生きて帰って来た、だから命を大切にしよう。戦争なんかで生命を落としてはいけないと、言い続けていらした。

金子先生とは伊藤園の「お〜いお茶新俳句大賞」の審査員として、二十九年間ご一緒した。新俳句ということで、本物の俳人のかた達にまじって、素人も何人か入れようということになり、選ばれた。

一年に一回お目にかかるだけだったが、当日は朝から夕方まで金子先生の隣に座って、俳句についての話から、冗談まで、どれも私の身になった。

大きな魅力の持ち主でいらした。またとない大人物だと尊敬していた。世のなかや周りの人間にまどわされない「自由な気持ち」を大切にしていようとおっしゃった金子先生の言葉を、ずっと守っていこうと思っている。

同様に俳優の松村達雄さんも魅力的なかただった。このかたの飄々《ひょうひょう》ぶりには心がなごんだ。「男はつらいよ」の寅さん一家の「おいちゃん」でお馴染みのかたもいるだろう。私は別の映画でご一緒したが、あるとき黒澤明監督の話になった。

その少し前、黒澤監督の「まあだだよ」という映画の撮影風景がテレビで流れた。そこには、主役の内田百閒《ひやっけん》役をなさっている松村さんが監督に叱られ続けている姿が映っていた。

黒澤監督の演技指導は大変厳しいという定評はあった。しかしそれを上まわる激しさがあり、それが話題となりテレビでも取り上げたらしい。いつ終わるのかわからないくらい繰り返し叱られ続けている姿は、見るのが辛かった。

そのときの話になり、誰かが、「松村さん、あれは大変でしたね」と言うと、松村さんはにっこりして、「いやあ、戦争に比べりゃなんでもありませんよ」とおっしゃり、みんな笑ってしまった。

あぐり、百七歳

身は老いても心は老いず

母のメモが出てきた。母は新聞に入ってくるチラシの裏が白いと取っておいて、思いついたことを書いていた。妹や私にも、よくメモを玄関口の郵便受けに入れてくれた。「インフルエンザの予防注射は済みましたか、ちゃんとやってきてくださいよ、親より先に死ぬなんて困りますからね」などと、オドシの文句が書いてあったりした。

ある日見つけたのには、こんなことが書いてあった。


「最上のわざ」

この世の最上のわざは何？

楽しい心で年をとり

働きたいけれど休み
しゃべりたいけれど黙り
失望しそうなときに希望し
従順に平静に
おのれの十字架をになう
（何とか神父さまのお言葉より）

人は希望のある限り若く、
失望と共に老い朽ちる
（何とかいうアメリカの詩人）

こうして何か思いついたり何かの本で読んだりしたのをメモしていた。

母はよく「氷が溶けるように人間も溶けたらいいな」と言っていた。そうしたら「誰にも迷惑をかけないで終わるでしょう」と。なるほどと思った

ドラマ「あぐり」で顔を知られてからはサインを頼まれたり、何か言葉をと言われたりするようになり、そこで、考えたのが、「身老未心老」という言葉。

ずいぶん前に聞いていたのにピンとこなかったけど、いまやピンピン響くのよ、これでいくしかないわ、と気に入っていた。

身は老いても心は老いず、というわけだ。確かに頭はしっかりしていた。しっかりしすぎていたくらいだ。

亡き息子に語りかける日々

二〇一五（平成二十七）年一月に百七歳で終わるまで、十年近く寝たきりになっていたけれど、頭は最後までしっかりしていた。私は、その母の姿が、かえってかわいそうでしかたなかった。もうすこし、ぼーっとしていられたら、楽だったのに、と思う。

頑張って、頑張って、自分を律して生きた。

兄が死んだときがいちばん弱々しくなっていた。でも、人前では涙は見せなかった。一九九四（平成六）年、母が八十七歳のときだ。その悲しみを、母は、『母・あぐりの淳への手紙』と題した一冊の本にして、一九九八（平成十）年に出版した。そういう対処法で乗り切ってきたのだ。その本のなかでは、しょっちゅう泣いている。

淳、私より早くいなくなるなんて、私は涙が止まりません。毎日、毎日泣いています。と書いている。

人前で泣き顔を見せなかった母が、こうして兄に語りかけては泣いていたのかと思うと少しほっとする。涙は身体にいいとも聞くから、よかったのかもしれない。

小さな簞笥《たんす》の上に淳之介のコーナーがあり、小学校一年生の頃らしい兄の可愛い写真が飾られ、毎日水が供えられていた。沖縄からわざわざ送ってもらっている、癌によく効くという魔法の水だそうだ。

淳、癌に効くお水ですよ、少しはよくなりましたか、うんとよくなって、戻って来てくださいね、お待ちしていますよ、などと一人言の毎日だった。

沖縄の水も、生前なら「お断りします」と言われてしまっただろうけれど、亡くなってからは文句が返ってこないので、思う存分できるからはり切っていた。

本のなかにはこんなことも書いている。

つばめと書いてふっと思い出しました。今の今まで、一度も思ったこともなかったのに。私が歯の治療を受けている時、舌に異物があるとお医者様がおっしゃって大変心配をされたことがありました。大病院で検査を受けたり、珍しい病気の疑いもあって淳にとても心配をかけたことがありましたね。何でもないことが分った時は、あなたはちょうど、岡山へ帰っていたの。私が仕事で大阪へ行くことがあり連絡をしましたところ、淳、あなたは大阪の駅へ来てくれました。「つばめ」で行った私がプラットホームへ降りたところ、あなたが待っていて「口を開けてごらんなさい、舌は何ともなかったんですね」と申すので、私はホームのまん中で大口を開けてあなたに見せました。

お互いにあんなことをよく出来たこと。考えると、本当におかしい。だれか見ていたかしら。人に見られるなんてことを、考えてもみなかったのね。へんな親子でしたこと。あなたを捕まえてこんなことばかり言っているなんて、ごめんなさい。

『母・あぐりの淳への手紙』平成十年三月二十日より（文園社）

母と兄は十七歳しか違わない。私は、『母・あぐりの淳への手紙』のなかに「彼（淳之介）は母にとって最高のボーイフレンド」と書いた。自分の世界をつくり、生前は離れて暮らした兄が亡くなったあとはいつも身近にいると信じ、話しかけていた母は楽しそうだった。

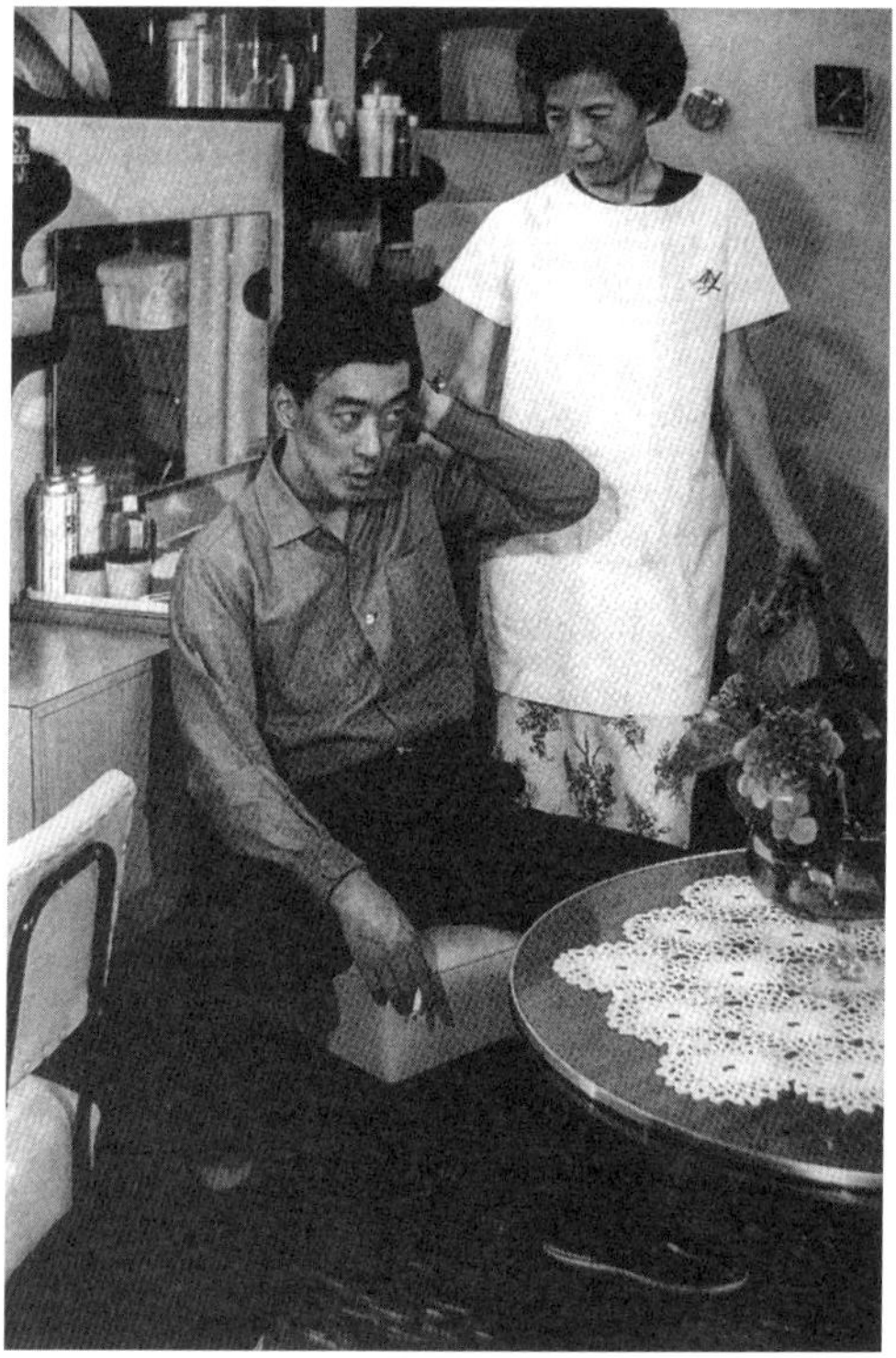

38歳頃の兄・淳之介。忙しい合間をぬって母に髪をカットしてもらうこともあった。

最期は空《くう》をつかんで……

いつまでも歩けますように！

残念だったのは、母が寝たきり生活を十年近くも続けなくてはならなくなったことだ。

母はいつも、日に何遍か、寝たきりにだけはなりたくない、と言っていた。そのためには足を鍛えなくてはと、毎朝五時頃、夏と冬は多少時間が違っていたけれど、必ず散歩に出ていた。といっても別の部屋に住んですれ違い生活の私は目撃のしようがないから、本人の報告だ。どんなに億劫《おっくう》な日でも、一度休んだらだらだらしてしまうから行くのよ、と固い決意だった。

一度だけ雨の日に朝早い撮影があり、地下鉄市ケ谷駅の階段のそばを通ったとき、母が上って来るのを見た。「雨の日は近くの地下鉄の階段を上ったり下りたりするのよ」

と言っていたのを目のあたりにして、胸がしめつけられた。なんという意志の強さだ。

歩けなくなったら、あなたとの旅行もできなくなるしね、と言う。ところで今度はどこに連れて行ってくれるの、いろんなかたから、今度はどちらへいらっしゃるのですか、と聞かれるから、次は天国でしょうね、ってお答えしていますから、早く決めてくださいね、と脅迫されていた。

そんなに楽しみにしていた旅も、二〇〇五（平成十七）年、九十八歳のとき転んで骨折し、そのときは復帰したけれど、続けて転んで、とうとう歩けなくなったためダメになった。九十九歳のときだ。

最初のときは、母の部屋のドアを開けたら玄関先に倒れていた。とうとうその日が来たかと思ったが、さわると温かい。転んだ、と言う。慌ててお医者様に来ていただいた。

いつもは仕事に行くとき、朝、母の部屋に顔を出すのに、その日は休みだったのでゆっくりして、近所の花屋さんで花など買って訪ねた。十二月の末だ。夜中にトイレに行き、寒い廊下で足がもつれて転び、翌日の十二時頃までそこにいたのだ。

股関節骨折で即入院。「おとしですから」と手術を躊躇していた医師も、いろいろ調べて局部麻酔なら大丈夫と判断なさり、実行に移した。

カチャカチャ音がして煩《うるさ》かったわ、とケロッとしている。それからは大変なパワーでリハビリもはじめた。「エイ、ヤア」と掛け声を出すので、リハビリルームの人達も一緒に頑張りだして、とても成果が出ました、と先生から褒めていただき満足していた。

帰ってからも自信過剰になり、自分の部屋を片づけたり重いものを持ったりして、結局また転倒、骨折して入院。とうとう歩けなくなってしまった。

両手を高く上げて空をつかむ

「あなた、私が死んだほうがいいと思ってるんじゃないの」と母が突然言ったことがある。

私はちょっと慌てたが、「なに言ってるの、そういうことは神様が決めてくださるんだから、私がどうこう思うことじゃないのよ」と答えると、「へえ〜、うまい答え考えたわね、頭いいじゃない」と言う。まったく油断ならない。

親しいかたがお見舞いにみえ、和子さんはよく面倒見てくれていますか、と聞くと、「ときどき顔を出すわよ、死んだかナと見に来るみたい」と言ったそうだ。気丈なのは有難いが、こちらは、心が休まらない。

全く動けないのは本当にかわいそうだった。あれだけなんでも自分でやりたがった人が、すべて他人様の手を借りなければならない。

死んでしまいたい、と思っていたのだろう。しかし、なに一つ文句は言わなかった。ヘルパーさんは二十四時間態勢で、常にいてもらわなくてはならない。三十人以上替わったけれど、みなさん、こんなに楽な家はなかったと言ってくださった。ヘルパーさん達もよい人が揃っていた。

それならなぜ替わるかというと、ヘルパーさん同士に相性があり、申し送りに問題が起こる。この人とでは困るというのが多く、そのたびにケアマネージャーさんと相談して、他の人に替えてもらったり、私も慣れないことでヘトヘトになった。そのうえ仕事も多くなり、どうしようかと困っていたところ、親しい人の娘さんが介護士の資格を持っているというので彼女に来てもらうことができて助かった。

彼女も苦労は多かった。いくら介護士の資格はあっても、何十年もやっているベテランのヘルパーさん達の間で揉まれ、見ていても気の毒だったが、勉強になりますから大丈夫です、と健気《けなげ》に頑張ってくれた。

何回か肺炎になり心配したが、いつも回復し、さすがあぐりさんは強靭だと、担当のお医者様も驚いていらした。

あの日も、二日前から熱が少し出ていて、診察に来ていただいたお医者様が、肺炎だと思いますから明日レントゲンを持って来ます、と帰られた。いつもと同じ、という感じだったので、私も自分の部屋に帰ろうとした。

母は両手を高く上げて、何度も何度も空をつかむような格好をしたので、元気じゃない、何そのポーズ、と私は笑って部屋を出た。ああいうとき、なぜなにも感じないのだろう、と自分の勘の悪さを悔む。

夕方になっていたので、返事を書いた年賀状を持ってポストまで行きかけたときケイタイが鳴り、母の死を知った。一月五日のことだった。

手伝ってくれていた彼女が、「じゃ、あぐりさん、また明日来ますね」と挨拶したら、もう息をしていなかったという。すぐそばにいたのに気がつかないくらい静かな最期だったという。母の部屋に戻ったら、いつもと同じ顔で眠っていた。

はじめての一家団欒

母が息を引きとった部屋はまだガランとしたまま残してある。もともとは妹のためにリフォームした部屋だから、きれいなままだ。

母が住んでいた部屋はこのマンションのなかでいちばん大きく、そこに義父と母がいて、ときどき、私と妹が訪ねて行った。母の寝たきり生活が長くなり経費もかかるので、その部屋を売り、いちばん狭かった妹の部屋に移ってもらった。

その部屋にもだいぶ長くいたから、もう母の部屋という感じがしっかりとある。いまは小ぶりな仏壇がポツンと置いてある。わが家ではじめての仏壇だ。このようなものに母は全く関心を持っていなかった。吉行家の家紋も知らないという。紋付の着物でも持っていてくれればわかるのに、それもなかった。

家族が一人もいなくなってしまったので、やっぱり仏壇でもあったほうがいいと、やっと置くことにした。そこが中心となり、なにやら心が落ちつくのを知り、面白いものだと思った。戒名は、母が以前からいらないと言っていたので、本名のままだ。

母の状態をずっと見ていてくれた彼女が、その後も定期的に掃除をしてくれたり、お花を絶やさないように持って来てくれたりするので、とても助かる。

ごちゃごちゃしている自分の部屋を抜け出しその部屋に行くと、空気も澄んでいて、ほっとする。私が選んだ、多分母が気に入るであろうと思う写真が一枚置いてあり、私はその写真に向かって、元気にしている？　理恵と仲よくしていてね。私をもう少し頑張らせてくださいね、とお願いしている。

お墓は青山にある。これも母が、岡山のお墓は山の中腹にあるから登るのが大変じゃない、もっと簡単なところを探しておいて、と言うので、私が見つけたものだ。永《えい》代供養《たいくよう》をお願いできるのが第一条件だった。とても感じのいいお寺で、一目で気に入った。

考えてみれば岡山のお墓については、登るのが大変と言っていたけれども自分は入るほうだし、なにより、すでに再婚していたくせに吉行家の墓に入れると思っていたのが無知すぎるのだが、母だけでなく、さっそく探した私もアホかという話だ。でもそのバカ親子のおかげで二〇〇三（平成十五）年、青山通りの少し入ったところに、私達が入るお墓ができたのだから結果としては成功だ。

一九九八（平成十）年、九十歳のとき義父が亡くなったとたん、母は籍を吉行に戻して欲しいと言い、もとの名字に戻ったから、そのお墓は吉行家の墓となっている。兄のお骨を少し分けてもらっていたので、そこには、妹、母、兄がいる。私は岡山のお墓に行き、父がいるであろう近くの土を少しだけ持って帰り、小さな壺に移し、エイスケのつもりにして一緒に入れた。

これで私が入れば、わが家ではじめての一家団欒《だんらん》というわけだ。

母が96歳を迎えた頃からは国内旅行を楽しんだ。湯布院で。

「吉行あぐり美容室」はエイスケの父親が土地を購入してくれた市ケ谷にあった。あぐり、和子、理恵。

第二章

私にとっての吉行家

父・エイスケ、三十四年の人生

十五歳と十六歳の結婚

父はエイスケという。栄助と付けられた字を嫌い、勝手に片仮名に変えた。大変な不良で、困り果てた親は結婚でもしたら落ちつくだろうと、近所で知り合いの娘をもらうことにした。十五歳の松本安久利《あぐり》だった。エイスケ十六歳。一九二三（大正十二）年、春のことだ。

安久利という名もめずらしいが、岡山のそのあたりでは、男の子が欲しいときに付ける名前だそうだ。母は四女だが、三番目の姉は生まれてすぐに亡くなっている。次こそ男の子を、と名付けられた。

そうしたら次もまた女の子、ヤケになった親は、妹に五喜《いつき》と名付けた。もう笑うしかない、というわけか。その後、念願叶って二人の男の子が誕生するが、大流行したスペイン風邪により、すでに結婚していた長姉と婚約中の次姉、さらには一家の大黒柱であった父が亡くなってしまう。四人の子どもを抱え、主《あるじ》に死なれた一家は大変な貧乏暮らしになった。最も年長の子どもであったあぐりの嫁入りで、まずはひと息つけたというところか。かわいそうに。

結婚したら少しは素行がマシになるかと思われたエイスケは、すぐ東京へ行ってしまった。そして残されたあぐりに子どもが生まれた。一九二四（大正十三）年、あぐりは十七歳。男の子だった。

祖父が陽之助と名付けたのに、戻ってきたエイスケは淳之介がいいと言いはり、その名に決まったら、また東京に行ってしまった。エイスケさんがやってくれたのは、名前を付けたことだけ、と母は言う。

祖母の盛代はまだ三十代だった。私が淳之介を育てるから、あなたは東京の夫のところに行きなさい、と命令され、泣く泣く赤ん坊と別れて一人で岡山を去った。

それにしても十八時間のはじめての一人旅はどんなに心細かっただろう。

東京駅にはエイスケが迎えに来ていて、これから住む亀有の一軒家に連れて行かれた。周りには家もなく、一面田んぼばかり。東京ってこんなに寂しいところかとがっかりしたそうだ。

二人の生活がはじまったからといっても、夫はまたすぐにどこかへ出掛けていってしまう。母は何もすることがないので部屋にあった本を片っぱしから読んでいったそうだ。

思い当たることがある。女学校も出ていない母なのに漢字をよく知っていて、私は読めなかったり書けなかったりする漢字を、辞書を引くのが面倒くさいと母に聞くことが多かった。ほとんど知っているので感心したが、この当時の読書で覚えたものだったのだろう。まだ十代、しっかり吸収できる新鮮な脳みそがつまっていた。

兄の淳之介が生まれたあとも遊びまわっていた父は、二十九歳のときに私が生まれたとたん人が変わったように父親としての任務を果たすようになったそうだ。といっても、一日一回お風呂に入れる時間に必ず舞い戻って来るだけだ。そしてお風呂が終わるとまたどこかに消えてしまう。美容院で働くお弟子さん達は、その時間になると窓から見ていて、走るように家に入り、また、大急ぎで出掛けていく父を見て面白がっていたそうだ。

腕にする疱瘡《ほうそう》の予防注射も、女の子だから痕が残ったらかわいそうだからと、足の裏にしてもらったのも父の希望だった。

大正14年、エイスケとあぐり夫妻はまだ10代。淳之介を抱く祖母の盛代も30代だった。

早熟な文学青年、エイスケ

そんなに大切にしていた女の子なのに、名前が和子なんて平凡なのは、今日《こんにち》にいたるまで私の不満だ。しかしこれには深い理由があるそうだ。

淳之介のあと十一年ぶりに生まれた子どもで、何とか吉行家の和を生みだそうと、祖母の盛代が主張し、負い目のあるエイスケは口出しできなかったという。

で、「和」は生まれたってわけ？　と聞くと、母はゼーンゼンと言った。それでも四年後に妹が生まれたから、少しは効き目があったかもしれない。父は妹に考えていた名前があったが、母は理恵がいいと言い、これまた後ろめたいことをたくさん抱えている父は負けてしまった。

こうして曲がりなりにも三人の子の父親になったエイスケとは、どんな人なのだろう。彼は長い間ほとんど忘れられていた。

ドラマ「あぐり」で野村萬斎さんがあまりにチャーミングにエイスケを演じてくださったおかげで突然のように興味を持たれ、いくつかの作品が出版された。『吉行エイスケとその時代　モダン都市の光と影』というタイトルの立派な書物まで作られた。

「賣《ばい》恥《ち》醜《しゅう》文《ぶん》」という、エイスケが十七歳のときから発行していた雑誌の創刊号も発見

父・エイスケが17歳の頃発行した雑誌「賣恥醜文」の創刊号（大正13年発行）。

された。この創刊号は兄がずっと探していたのに生前手に取ることができなかった。亡くなってから、父と一緒に雑誌を編集していた、松本に住む清沢清志《きよさわきよし》氏のお宅のかたが送ってくださったのだ。一九二四（大正十三）年発行、兄の生まれた年だった。

編集後記にエイスケはこんなことを書いている。

「子どもは生むべし、金をもうける色男を生むべしだ。僕は二十前だが子どもがあるよ、早く若隠居したいからだ」

どうしようもない不良少年だ。

その前、十六歳のときには「ダダイズム」という雑誌を創刊しており、その後記には、「僕は人道主義で悪魔主義で平和主義で社会主義で国家主義で未来派でオシャレでハイカラで云々……。これじゃ随分面倒くさいのでまあダダとでも振りを付けておこう。若いダダイストの思いは一貫している、その青春の消滅するときが彼の終わりだ」と記している。

その通り、面白いことばかりして、三十四歳、戦争のはじまる前に、心臓発作であっけなく死んでしまった。戦争になるのをとても恐れていたから、ほっとしたでしょうね、と母は言った。

父が遺したもの

形見の赤い琥珀《こはく》

父・エイスケが私に遺したものは、子どもの頃、中国のお土産として持って来てくれた赤い石とオレンジ色の石の二つだけだ。

四歳の私はそれをおはじきのなかに交ぜて遊んでいた。赤い方は大きすぎて役に立たなかったけれど、きれいなので箱のなかに入れておいた。

他のおはじきはとっくになくなってしまったのに、この二つの石だけはずっと残っていて、大人になってやっと父の形見という役割を受け持つことができ、大切にされていた。

赤い方は直径四センチ、厚さ七ミリくらいなのでブローチにしてもらった。オレンジ色の方は薄かったので二つに切り、イヤリングにした。でもイヤリングは私には似合わないと思い、兄の恋人にあげてしまった。

　妹の理恵はあきれて、そして悲しんだ。

「どうしてそんなことするの！」

　と、めずらしく大きな声で言った。

「大切な、たった二つしかない形見をさっさとあげてしまうなんて」

　私も確かに早まったと後悔したが、もう手遅れだ。ブローチの方はコートの衿《えり》に付けたりして活躍させた。

　あるとき、ファッション評論家である友人のピーコが、その石、ひょっとしたら清《しん》の西太后《せいたいこう》の寝室に掛けてあった赤い琥珀のノレンの一つかもしれないと言い出した。日本にも何個か流れて来ているという噂で、探している知人がいる。調べてもらおうということになった。そう思って見ると、その赤い色も味わい深い赤だ。

　さっそく鑑定に出したが、何日かして申し訳なさそうに、「やはりガラス玉でした。でも、とってもめずらしいものですから大切になさってください」との答えで、一瞬色めき立った気持ちはあっさり消えてしまった。

　でも謎はないわけでもない。なぜそんなものを子どものお土産にしたのか、四歳の娘に、しかも溺愛していた娘にわざわざ買うお土産だろうか。

多分父も、西太后の寝室に掛かっていたノレンの宝石ですよ、掘り出しものですよと言われ、お気に入りの女性にプレゼントしようと高く売りつけられたのだろう。喜んでもらえるはずだと持って行ったら、そんなわけないじゃないのと鼻で笑われ、でも捨ててしまうのも癪《しゃく》だから、まあ子どもにでも持って帰ろうと思ったに違いない。

父に似ている！

母は私のことを、「あなたはエイスケさんにそっくり。大ざっぱ、自分勝手」と非難していたが、やはり似ているかもしれないなと思う。

父と母が、ほんとうに久しぶりに銀座のレストランで食事をしたとき、食べ終わった父は、さっさと一人で帰ってしまった、というエピソードがある。

これは思い当たる。私自身は、さすがにさっさと一人で帰る、ということはないが、自分が食べ終わると早く帰りたいという気持ちを隠しきれず、ご馳走をしてくださったかたに、せっかちですね、と笑われたことがある。それもたびたびだ。

友達との割り勘のときも、早々に財布を取り出し、支払いの態勢を取っていることもたびたび。よく付き合ってくれていると、感謝しかない。

父が死んだとき、心臓発作で突然だったにもかかわらず、部屋はガランとしていて、残っていたのは川端康成の手紙が一通だけ、本は二冊、ヴァレリィの『テスト氏』とランボーの詩集だけだったそうだ。

十七歳のとき友達と創った雑誌「賣恥醜文」も何冊か置いてあったという。

いま、私の手元にある父の作品集は、『地図に出て来る男女』と『飛行機から堕ちるまで』の二冊のみ。

父・エイスケは家庭を顧みず、面白いことだけに情熱を傾け、34歳で早世した。

母・あぐりの半生

朝のドラマ「あぐり」で超有名人に

さて、このあたりで、母のことをもう少しまとめて書かなくてはいけないだろう。何しろ、あぐりは、吉行家いちばんの人気者なのだから。

テレビの影響は大きく、一九九七（平成九）年に放送された、ＮＨＫ連続テレビ小説の主人公「あぐり」の物語は、本人は出演していないのにもかかわらず、多くのかたに知られるようになった。

明治、大正、昭和、平成と生き、関東大震災、第二次世界大戦、その前の戦争、コレラ、スペイン風邪の流行で姉二人と父を亡くし、おまけに父親の死後、母親は騙《だま》されて財産を失い、十五歳のとき嫁に出され、破天荒のエイスケに付き合わされ、パーマネントもなかった頃から美容師の家に住み込みで修業をしてと、波乱万丈のエピソードにはこと欠かないが、読者の胸を打つように書く筆力は私にはない。

ともかく乗り越えてきたんだから大したものだ、と感心するしかない。

母について知ったのは、『梅桃《ゆすらうめ》が実るとき』という本が出版されたときだ。

最初は、高齢で仕事をしている女性たち何人かにインタビューして、それを一冊にまとめたいという話だった。

いったんインタビューは終わったのだが、あとから母の話をもう一度詳しく聞きたいと言われ、そのかたとの相性がよかったのだと思うが、その気になっていろいろ話したのがもとになっている。

それより以前、長年親しくしていたジャーナリストの女性が同じような企画を立てられ、母と話し、まとめてくださったのだが、母はそれがどうしても気に入らない。こんなお涙ちょうだいみたいな自叙伝なんて、ふるふる嫌、と出版まで決まっていたというのに猛反対して、とうとうそのかたとの友情も壊れてしまったという、ちょっとした事件もあった。

だからこの『梅桃が実るとき』が完成したのはめでたいことだった。おかげで私達は母の半生を知ることができた。母は自分のことをほとんど話さないから、はじめて知ることが多く、興味深く読んだ。

ある日散歩の途中で

「あぐり」のおかげで、母自身も新聞や雑誌に取材され、多くの人に顔を知られるようになった。

ある日、散歩から戻ると母はこう話しだした。

七十年も市ケ谷に住んでいるのに、知らない人ばかりで、いまだって知らないんだけど、向こう様が声を掛けてくださるようになったから、すっすと歩けないのよ。立ち止まってはお話をしなくてはいけないし、私はお客様の話を伺うのは慣れているから、はいはいと聞いていると、ご自分の生い立ちから現在まで、お話しになるかたもいるのよ。

悲しい話は困るわ。悲しいのは嫌、もういっぱい悲しいことがあったから。楽しいのならいいけどね。ね、面白い話ないの？　このところ笑ってないから、一つお願いしますよ、とホコ先がこっちにまわってきた。

そんな、芸人じゃないんだから、すぐなにかやれったってムリよ、マンガでも読んだらと言うと、それがね、私、マンガが全然わからないの、淳之介にマンガ家のお友達が多くて、お描きになったものを、面白いですよと、持って来てくれたことがあったけど、ぜんぜんわからないの。そう言ったら、ほう……そうですかね、って不思議そうな顔をしてたわ。私ってインポテンツらしいの。あ、間違えた、インポテンツは男の人のことね。女は……え〜となんだっけ、これも淳之介が教えてくれたのだけど、忘れたわ。

以前、母があまりに無知なので、親に性教育をした、と兄がエッセイで書いていたが、それを思い出したらしい。忘れてしまっては教育しがいがないというものだ。

自叙伝で知った母の幸せなとき

子どもの頃体験した小さな光

はじめに母の半生をドラマ化したいというお話をいただいたときは、父のエイスケの行状があまりにＮＨＫの朝のドラマにふさわしくないので、無理ではないですか、と言った。

ＮＨＫの図書室に長いこと置かれていた『梅桃が実るとき』を、プロデューサーのかたがふと手にして読んでくださり、思い付かれたそうだ。

エイスケについては、「大丈夫です。脚本家は力のあるかたにお願いしますから、みなさんにも納得していただけるように描いてみせます」というご返事。

母もあまりの成り行きにとまどっていた。兄ももう亡くなっていたし、私達では判断できないから、おまかせしましょう、ということになった。

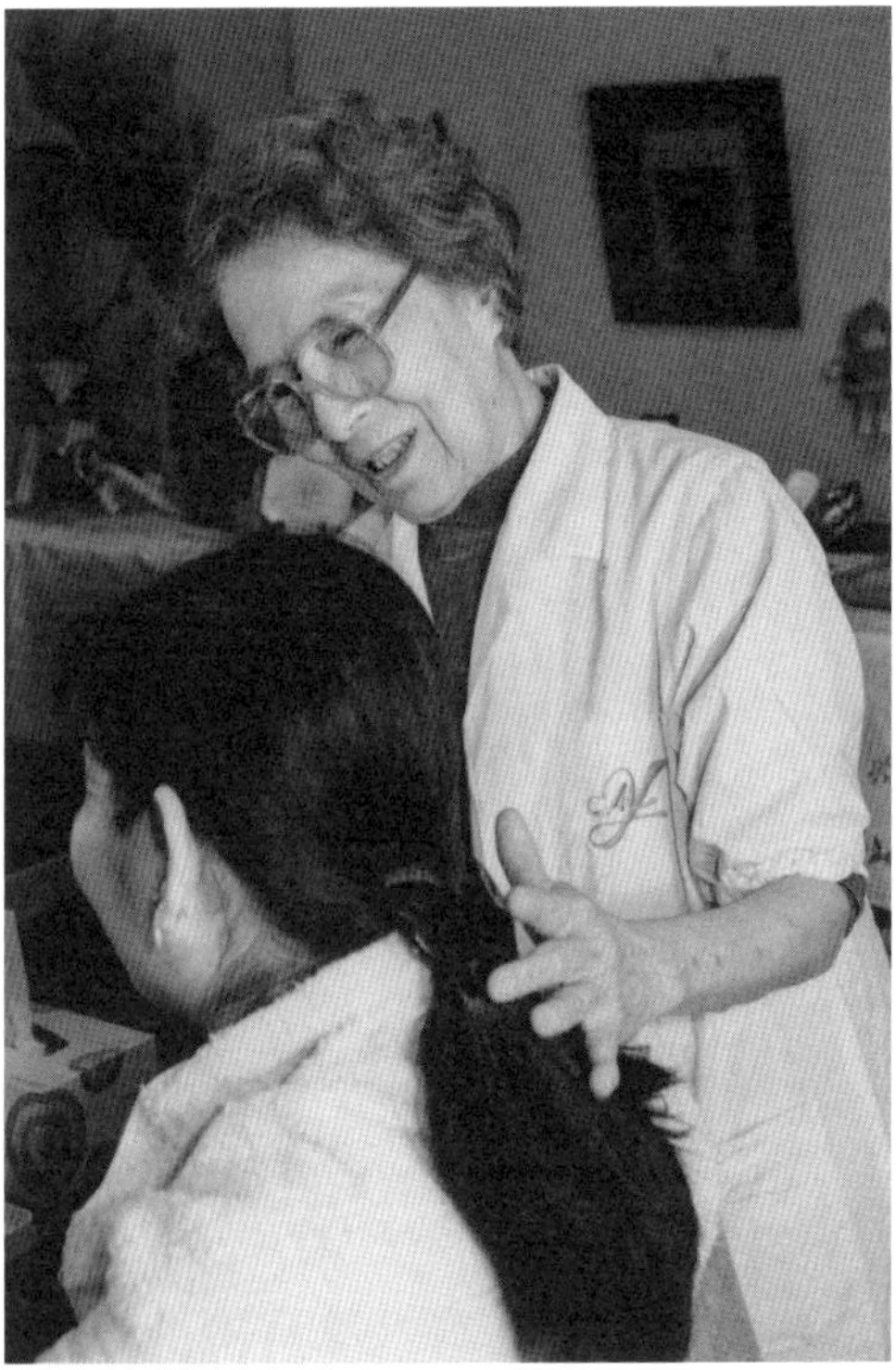

72歳からは小さなお店でシャンプーから仕上げまでを１人でこなした母。97歳まで現役だった。

「あぐり」が評判になり、母は、ずいぶん多くのかたからインタビューを受けた。その場には一応私も立ち合うことになっていた。母が一人で話すのだが、少々のサポートも必要なので、私のスケジュールのあいている日に行われた。

母はテキパキと質問に答え、インタビュアーのかたが面白がって笑ってくださると、とても機嫌がよかった。あとで、「どうして笑われたのかしら、私はちっとも面白いことなんて言ってないのに」と言う。やっぱり普通、九十歳を超えた人の言うことにしては面白いんじゃない、と答えると、ますます機嫌がよくなる。私の方が答えを覚えてしまうくらい取材は多く、質問も同じようなことが多かった。

人生で楽しかったことは何ですか、とか、悲しかったことは、とか。

お客様のおぐし（髪の毛）を整えているときがいちばん楽しいです。もう七十年以上やっているのに、いつもこのかたにはこんな髪形がお似合いになるわと思い、楽しく仕事をしています。悲しいことは、淳之介に先に行かれてしまったことです。私はいまでも「逝」という字は書けません、「行く」です。

と、楽しいことも悲しいことも、同じ調子でさらっと答えている。

そんな中で、たった一度だけ、楽しかったことは、の問いに、「父と母がいた子どものときです」と言ったので、私は驚いて母の顔を見た。母は、いつもと同じ、ケロッとした顔をしていた。

このとき一度だけだったが、本音が飛び出したのだ。私は昔を懐かしんだりしないと頑なに自分で決めているオキテが、ふと消えた瞬間だった。

波乱万丈の人生がやってくる以前のひとときが、小さな光となってころがっていた。『梅桃が実るとき』を読んだとき、はじめて知った母の子どもの頃のことを、ふと思い出した。母が何の心配もなく幸せに過ごしていた短い期間のことがそこには書かれていた。

体形は父、性格は母譲り

実は、『梅桃が実るとき』は一九八五（昭和六十）年に文園社から出版されたときに読んだのだが、内容についてはほとんど忘れていた。兄も妹も、そして母もいなくなったいま読み返してみると、なぜだかはじめて読んだような新鮮な感動が押し寄せてきた。

母が育ったのは、瀬戸内海の見える岡山の小さな町。雨も〝しとしと〟と降るし、風も〝そよそよ〟吹くといった、静かなのんびりしたところだったらしい。

母の父は弁護士。明治時代の弁護士は名士として尊敬されていたそうだ。女中さんや婆やさん、車曳《くるまひき》のおじさん、弁護士をめざす書生さんなど、大勢で暮らしていた。大きな門をくぐると、石畳の両側にはつつじ、梅、梅桃、ぐみ、柿、いちじく、ざくろ、椿などの木があって、常に目を楽しませてくれた。母は花が好きだった。でも花屋さんで買って来て花瓶に挿しても、それほど喜んでいる様子がないことに、あれっと思ったことがある。出歩けなくなった母のところに、めずらしい花を見つけては届けていた。

きれいでしょう、めずらしいでしょうと目の前に差し出すと、そうね、ありがとう、と一応はにっこりしてくれたけれど、いまひとつ喜びが伝わって来なかった。母は木に咲いている花が見たかったのだと、いまさらながらわかった。

以前、九十三歳くらいのときだろうか、「ぐみの木に花が咲いているって新聞に書いてあったから、見てくるわ」、と一人で出掛けて行った。バスを乗りついで行ったと話していた。ヘエー元気ね、と私はただ感心するばかりだった。美容室の休みの日は、バス旅行よ、などと言って、どこかに出掛けていた。

母のなかに、子どもの頃の楽しかった時間を見つけたいという思いがあったのだなと、いま寂しく思い出す。

祖父は大柄な人で、当時男性の平均身長が一五七センチのところを、一七五センチもあったとのこと。口髭をたくわえ、無口で威厳があったから母にとっては尊敬の対象だった。裁判所への往復には自家用の人力車を使い、みんな揃って見送りや出迎えをしていた。酒も煙草もたしなまず、書斎に入って書類を読んだり、書きものをしていて、子どもたちは、硯《すずり》の水を運んでいたそうだ。

祖母は小柄で小太り、明るく、面白い人だったので、母は大好きだったと書いている。自分は体形は父親に似ているが、性格は母親似だと思い、人からそう言われると、とても嬉しかったという。

母の実家の松本家は新しいものが好きで、チョコレートなどはほとんど知られていない時代だったのに、どこからか手に入れて来て、子ども達のおやつにしていた。遊びに来た友達にも食べてもらっていたのだが、あとから聞くと、あんなヘンな味のもの食べさせられて閉口したわ、と言われたと思い出している。その頃のおやつは、おまんじゅうやおせんべいと決まっていたから、ヘンな味としか思えなかったのだろう。町に洋食屋さんができると、出前でオムレツやライスカレーを取ってみんなで食べるのが楽しかったという。見たこともない食べものだったのだろう。

二〇一三（平成二十五）年に放送されたＮＨＫの連続テレビ小説「ごちそうさん」

に、オムライスを作るシーンがあったが、その時代、オムライスは東京でも大変めずらしいものだった。主演の杏《あん》さんは、一九〇五（明治三十八）年生まれのめ以子《いこ》という名の役で、彼女の子どものときから中年までが描かれた。私はめ以子の祖母を演じ、死んでからは〃ぬか床〃になり、ナレーションを担当した。

それがとても面白かった。ぬか床だから自由に表現できる。一九〇五年生まれのめ衣子と一九〇七年生まれの母は、ほぼ同じ時代を生きたから、余計興味深かった。

愛用の化粧品は「クラロン」だけ

母の母、つまり私の祖母は私の生まれる前に亡くなっているので、会ったことはないが、彼女は新しいことには何でも挑戦していたそうだ。

足踏み式ミシンが家庭に入りはじめると、どこよりも早く買ってきた。特注で洗濯機も造らせた。電動式はさすがに無理で、ハンドルを回すと中の風車のような羽根が回転して、水と洗濯物が回る、という代物《しろもの》。子どもたちは面白がって手伝ったらしい。ミシンでいろいろなものを作ってくれて、それも子どもたちには嬉しくて仕方なかったという。

女の子が四人もいた家のお雛祭りは、それは豪華で、柳と桃の枝が飾り付けられ、七段ある雛段には、手作りの押絵のお雛様が飾ってあった。柳と桃の枝には小さな人形やきれいな千代紙などいろいろなものがぶらさがり、友達を招いてたくさんのごちそうもあったそうだ。どんなに楽しかったことだろう。

私の家にもお雛様はあったが、すぐ戦争になり、かろうじてお雛様と一緒に写した私の写真が一枚残っている。妹のときはもう雛祭りなどはできなかった。それに父が急死したので、それどころではなかったのだろう。

母の家族は、夏休みになると海水浴に出掛けたそうだ。海の家を借りて一カ月くらい滞在し、海水浴をした。長袖のTシャツのような上着にパンツがついている水着を着せられて、あばれまわっていたという。

姉達は日焼けを嫌ってあまり海辺には出なかったが、母は色が黒いのになおさら黒くなり、もともと「黒塗りのオボン」と渾名《あだな》を付けられていたところに、ますます磨きがかかったそうだ。自分でも鏡を見ては嘆き、「七日つけたら鏡をごらん」というキャッチコピーの、色が白くなるクリームが欲しいと思っていた。しかしさすがにそのクリームは岡山にはなく、がっかりしたらしい。

クリームといえば、母は生涯、「クラロン」というクリームを使っていた。化粧水も乳液も使わない、クラロンだけ。以前はドラムカンを小さくしたような容器に、どかっと入っていたのを小わけして使っていた。その後は普通の容器に入っているのも売り出されたらしく、取り寄せていた。

寝たきりになってからも、クラロンを注文して使っていた。そのせいか、母の顔はつやつやしていた。

百七歳で天寿を全うしたときも、住職さんがこんなに皺《しわ》のないかたははじめて見ました、とおっしゃったくらいだ。そんなに効果があるのだから真似をすればいいものを、面倒くさいと私は勝手に自分の好きなものを使っている。

口紅一つ持っていないのに、肌の手入れに関してはとてもマメだった。「うぐいすのふん」という粉を買って来て、洗顔のあとそれでこすっていた。

私にも使ったらと言ったが、粉が飛ぶし、ヘンな匂いもするしで、一回でやめてしまった。

母・あぐり。山の手美容院の店内で。

美容師の資格証明書。山野千枝子さんの元で修業をした。

九十一歳のノロケ

夫・エイスケを見直す

母は美しくなりたいという気持ちは強かった。美容学校に入ろうと思ったのも、たくさんありすぎる髪の毛を、何とか自分で上手に結いたいという思いからだという。そのくせ、化粧品にはまったく関心がなかった。あんなもの、何でも同じよ、色と香りでごまかしているだけ、なんて平気で言っていた。いつも浅黒い素顔のまま過ごしていた。

私達がものごころついた頃は、髪の毛を後ろに束ねて、ネクタイぐらいの幅の布でキリリと結んでいた。後年、髪を染めなくてはいけない年齢になると、風呂場で自分で染めていた。これは八十代まで続き、そのあとは白髪のままにした。髪の量は多く、きれいな白髪になっていた。

「エイスケさんたらね」と、母は懐かしそうに言った。

「あぐり」で野村萬斎さんがエイスケを素敵に演じてくださったおかげで、母のなかで夫としてのエイスケの株は急上昇していた。

四十二歳のとき再婚した同い年の夫が九十歳で亡くなったので、遠慮がなくなったせいもあるだろう。九十一歳のノロケに私も付き合わなくてはいけなくなっていた。

エイスケさんたらね、男のくせに化粧水とかクリームをいくつも持っていて、ペタペタ塗っているのよ。女の私でさえやっていないのに、とってもお洒落でね。ご近所の人に、お宅のご夫婦は反対ですね、ご主人のほうがお化粧なさっているのではと、どこかで覗いていらしたのね、そんなことを言われたこともあったのよ。

そりゃ女の人とずいぶんお遊びになってムカムカしたこともあったけど、美容室の人達にはとっても優しく気を遣ってくださって、先生はいいご主人に恵まれてお幸せですねってみんな言うの。そうかなと思ったけれど、考えてみると、確かにいいこともしていたわ。

美容室が忙しくなると、パンやお菓子を大量に買って来て、みんなが食べやすいように並べてくれたり、美味しいカレー屋さんができると休みの日に連れて行ってくれたり、その頃はみんな住み込みだったから、大喜びだったわ。私が住み込みで修業していたときとは大違い。

私なんか先生がお出掛けのときは着替えの洋服や靴やバッグを持たされて、しかも電車賃は自分持ちなのよ。まあ時代が違ったから仕方ないけどね。

私にとっては、父のやさしかったときすらずいぶん昔なのに、そのまた昔の話だから頭がこんがらがってしまう。

昔のことを次々と思い出す

旅行をしはじめた頃も、行く先々でエイスケのことを思い出していた。すっかり頭のなかから抜けていたものを、何かの刺激で思い出すらしく、それも面白い現象だった。

たとえばメキシコで、銀の町として有名な場所に行ったとき、お店で銀製のチェスが売られているのを見て、そうそうエイスケさんとチェスをして遊んだことがあったわ。私が病気で入院していたら、チェスを持って来て、二人でやったの。そうしたら、自分が負けるとくやしがって、チェスを放り出して帰ってしまったの。お見舞いに来

東京と岡山の美容院を18時間かけて列車で行ったり来たりしていた頃の母(中央)。7歳の和子、3歳の理恵、お弟子さんたちと。

たのを忘れてしまったみたい。おかしな人だったわ。

以前ならマイナス点が入るところが、微笑ましいエピソードとなって思い出されている。そんな話聞いたことないわ、と言うと、だって、いま思い出したんですもの、と言う。脳のなかはどうなっているのか、私にとって母は、興味深い観察対象となっていた。

ネパールの旅のときもそうだった。世界で最も高いところにあるお寺と言われている標高三千九百メートルの地点にあるタンボチェ寺院に行くために、ヘリコプターを待っていたときのこと。

母は突然、「そうそう、はじめて飛行機を見たのは八歳のときだったわ。岡山の練兵場に降りたって知らされて、みんなで走って見に行ったのよ。パイロットはスミスさんっていうアメリカ人だった」と名前まで思い出している。

八歳といえば九十年近くも前のことではないか。スミスさんはその間中、母の頭のどこかに住んでいたのだろう。なんだか恐ろしい気もする。

妻・あぐりを夫はこう見ていた

綾がなさすぎる

父、エイスケの小説は新興芸術派とされ、ダダイズムの少数の人達と一緒に少しの間作家として活躍していたが、いま読んでも、ほとんど理解できない。兄でさえ、とても読み進められないと、サジを投げていた。しかし、母の本をあらためてあれこれ読んでいて、そこに掲載されている、父が小説の筆を折ったあと、母について書いた文章は理解できた。

一九三二（昭和七）年に書いた「職業を持つ妻」というタイトルの一文だ。

私は、ついぞ、自分のかみさん、については考へたことがない。今更、どうにもならない存在だからだ。だが、こうした機会にでも、考へてみないか、と云はれる編集者にたいしては感謝していいのかも知れぬ。

自分のかみさんである處《ところ》の吉行あぐり女史『女史と云ふ人もあり』は、一言にして云へば、先天的に不撓《ふとう》の精神を持つ尊敬さる可《べ》き女性であらう。明朗な好《よ》き母性であり、道義的であつて、奢《おご》らず、オフィシアルな歩《ぶ》一的な行柄《ゆきがら》だ。

こうした健全さのよつてくる處のものは、コケットとかエロチシズムの缺除《けつじょ》は當然《とうぜん》のことであらう。また、美貌であつてはロジックが合はぬ。だから、美ならずとも気にかからぬ程度。

だが、家庭人としては。單なるハウスキーパーとしては一寸、いただき兼ねるつまり、細い處へ手のとどかぬ様に自然と仕上が出来ている。これは、私自身が是《ぜ》なりとしてかみさんに奨励した。家庭的な煩瑣《はんさ》からも脱却したかつた。が、今日となつてはお気の毒みたいなものだ。日本人的な家庭の調和にデリケートな一つの神経の不足を感じさせる、そんな女性になつてしまつた。が、こいつも只今のところ改良中だ。

職業婦人としては、性格の善良さからくる生眞面目さの持つ粘着力と、仕事にたいしてコツ、コツと研究的な態度を失はないで進んで行くところ、自信を得る點《てん》は黙々として研鑽を怠らない點は一寸《ちよつと》比類がない。

お世辞が嫌ひ。墟飾が嫌ひ。策略を持たないで、生一本な商売をしているため、派手ではないがこうした着実さを好まれる方からは信用される存在であらう。美容のお弟子たちに対する態度も、師弟関係の隔たりを棄てて、むしろ友達としてざつくばらんに他意なしに対するため、其の間に全くいざこざも起つたことなくあつさりしたものだ。

だが、亭主にたいしても淡白であり過ぎるのは考へものかな。


（中略）


自分自身が美容師でありながら、殆んどお化粧なんかしたこともなく、洋服なんかも仕立て師の方から奨《すす》められる迄はつくらうなどと云う意志を持たず、會合《かいごう》などの場合、着るものがなくてあわてて注文する程度。

こうした無関心さは、私が文学上の仕事をしていた頃は、むしろ神経に触れない点で有難かつたが、すつかり文学の仕事に離れてからは綾がなさ過ぎる。だが、子供のママとしては細心に可成《かなり》に丹精している。いづれにしろ、彼女には美點《びてん》の多いことを私自身は認める。まだ、きつと語らねばならぬことがあるであらう。が、怱忙《おうぼう》の際、この邊《へん》で。（昭和七年）

『母・あぐりの淳への手紙』（文園社）より

「元気という病気ですね」

私は今回この文章をはじめて読んだ。わりとわかっているじゃないか、と感心した。ドラマ「あぐり」が放送されてから、いろいろなかたから、写真や記事を送っていただいた。家には父の写真はなく、父の本が出版されたときに裏表紙に載っている薄ぼけたのを見ただけだったが、送られてきた写真ではじめてはっきり見ることができた。

夫婦二人で写真など撮ったことはない、と言っていたのに、当時流行の正装で、カメラ目線でしっかり写っていたりして、母自身もびっくりしていた。

父の手紙も送っていただいた。

「うちのあぐりは元気です。アホなくらい元気です」と書いてあり、そんな昔から元気だと呆れられていたのかとおかしかった。病気ばかりしていた兄は、「あなたは元気という病気ですね」と母をからかっていた。

当時流行の最先端を行くモガ・モボを装う19歳のエイスケと18歳のあぐり。

岡山にあった吉行家の墓。2017年に墓じまいをした。

第三章

劇団民藝からはじまった女優人生

幼い私を苦しめた喘息

三時間おきにカラシの湿布

小児喘息という病気はいまでもなくなっていない。発作を起こした子どもを抱えて病院に運び込むという話を聞く。

喘息は発作が治るとけろりとしていて普通の人と変わらないため、なかなか理解されにくい。本人と周りの人だけが大変なのだ。アレルギーの研究も進んで、だいぶ治療法も増えているが、私が二歳の頃、それはもう八十年も前のことだけれど、これは悪魔が入り込んだ、としか思えない代物《しろもの》だった。

本人は三歳ぐらいからしか記憶にないが、母が言うには、夜中に発作が起きたときには、朝までおぶっていたそうだ。お医者様にも治療法がわからない、いっそ二人で死んでしまおうか、と思ったという。

私の知っている母からこの言葉が出ると、不思議な気がする。そんなタイプではないと思い込んでいるので、わざと恩きせがましく言っているのかしら、とすら思ったこともある。

記憶しているのでは、当時の治療法として、「カラシの湿布」というのがあった。布にカラシの粉を練って塗り、それを胸のところに貼り付ける、という方法だ。かなり痛い、そのピリピリするのが発作止めになるという。

止まったとは思えないが、何時間かごとに替えているとそのうち治ると信じた母は、三時間おきにそのカラシの湿布を取り替えに来る。

隣の美容室で忙しく働いているのに、時間になるとバタバタと部屋に入って来て、胸から、ばさっと湿布をはがし、また新しく練ったカラシを貼り付ける。

この一連の作業が、あっという間の速さで行われる。その痛さといったらない。「痛い」とか、「もっとゆっくり」とか言っても、聞く耳を持たないかのように無言で行い、終わるとさっさと仕事場に戻って行く。

その白い仕事着の後ろ姿が、いまでも目に浮かぶ。

忙しいなか、有難いことだ、と思わなくてはいけないのだが、苦しいのと痛いので、「オニだ」と言いそうなのだから、いまから思えば申し訳ないが、これが親か、と恨んだものだ。

この療法は何の効果もないまま、長い間続けられた。その他にも、ずいぶんヘンなことをしてくれた。

藁《わら》にもすがる母の思い

美容院にいらっしゃるお客様が、いろいろな情報を教えてくださる。母はそれを片っ端から実行した。親としては心配してくれているのだろうけれど、効き目のないものばかりが続いた。

どれもカラシよりは痛くないので、少しは有難いことだという気持ちも湧いたが、やはりピント外れはまぬがれない。朝の四時にトイレで東の方を向いて生卵を飲む、というのを毎朝やらされた時期もあった。

母も大変だ。家から東に向かって行った場所にある井戸の水をもらって来て飲ませる、というのもやった。これもかなり疲れることだっただろう。にもかかわらず、三日に一遍くらい、一升瓶を抱えて出かけていった。その他もちろん、あちこちのお医者様のところへ紹介状を持って行かされた。

けれども、どれもこれも、喘息を治してくれる奇跡は起こしてくれなかった。

そうそう、祖母も参加した。これも母のお客様からの情報だと思うが「神様」と呼ばれている女性を家に呼んだ。「神様」が背中から何か糸のようなものを摘み出しながら、祈りの言葉を唱える、というヤツだった。祖母の前に寝かされて、一時間くらいそんなおまじないのようなことが行われた。「ありがとうございました」としっかりお辞儀をして、その〝治療〟は終わる。

「神様」はまだぶつぶつ祈りの言葉をつぶやきながら、玄関へと去って行く。祖母は歩けないから私が玄関まで行き、また「ありがとうございました」と深く頭を下げる。それは発作の起きていないときに行われるから、なんかオシバイみたい、と思ったものだ。

少し大きくなってからも、奇妙な治療法は続いた。次々に母が情報をもらい、それを実行に移すからだ。それだけ心配してくれているのだから、感謝しなくてはいけないのだが、「またァ」と、うんざりしたものだ。でも苦しさが消えるかもしれない、という一縷《いちる》の希望もあったので、とりあえず言う通りにしていた。

「タタク」というのは背中を堅い棒で叩く方法で、後にその人は新聞沙汰にもなった。治療で怪我をさせたからだ。「ふんづけ」というのもあり、やたらあちこちふんづけられた。その人も患者を流産させたとかで訴えられた。

きりがないからこの辺りでやめておくが、ともかくいろいろやった。それでも発作は台風のように襲って来て、一週間くらいで去って行き、あとは、普通の人のように元気でいられた。

小学校でも「よく休むけど、どこが悪いの」、と訝《いぶか》しがられた。後遺症が残らないから誰も信じてくれない。いちばんショックだったのは、身体検査のときお医者さんが、聴診器を当てながら、「喘息で休みが多いそうだが、どこも悪くないじゃないか」と言ったことだ。この人、なんにもわかっちゃいない、と憤慨した。

発作が起きないから、こうして学校に来てるんじゃないか。でも、いくら説明してもわかってもらえないだろうから黙っていた。

こうして私はとても我慢強い性格になっていった。苦しいとか辛いとか言っても、何の役にもたたない、ただこの発作の終わるのを待つしかない。歯をくいしばって待った。本当に口から血が出たこともあった。

百歳を過ぎて寝たきりになった母が、よく言ったものだ。

「あんなに弱かったあなたが、こんなに元気でいてくれるなんてね」

動けなくなった母の脳裏に、思い出の数々が湧いて来ていたのだろうか。

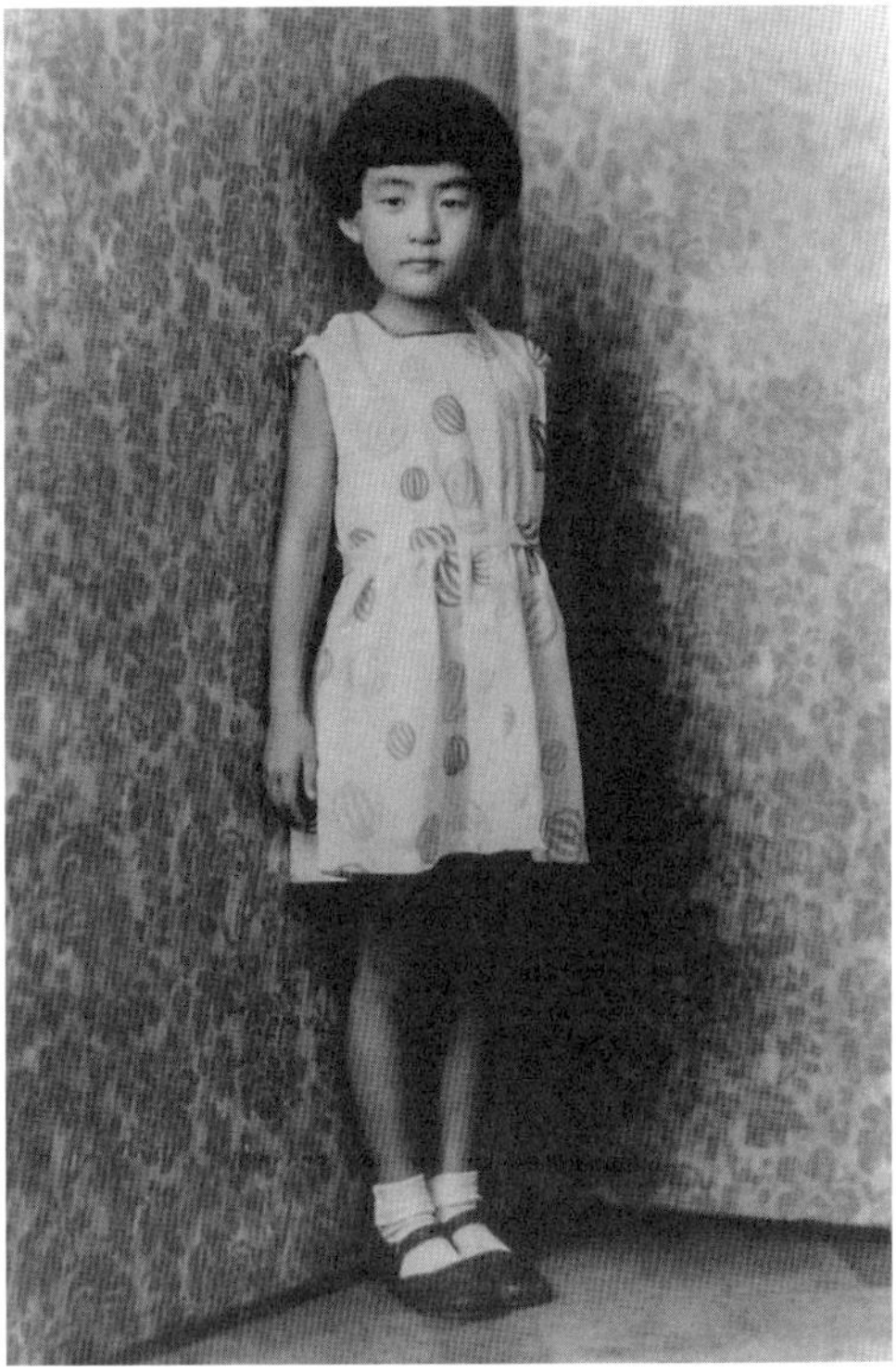

番町小学校１年生。喘息で学校はよく休んだ。喘息のおかげで我慢強い性格になったのかもしれない。

すべては新劇との出合いからはじまった

劇団民藝の芝居に魅せられて

小児喘息と言われているのに、中学生になっても治らない。同級生達はそれぞれ将来の夢を語りはじめた。当時だから学校の先生やバスの車掌さんだったが、なかにはジャズシンガーになると言って、教室で唄い出す子もいた。

私には何の夢も生まれなかった。いつ発作が起こるかもしれないのに、お勤めなんかできるわけがない。仕事はしなくてはいけないが、なにも思いつかない。お裁縫と編物なら好きだから、注文を取って家でやるのならなんとかできるかもしれないが、収入はどうなのだろう。

そんなことを考えていたころ、母がお客様から二枚のチケットをいただいた。無駄にしたくないからという理由でそばにいた私を連れて行ってくれたのだが、どんな芝居かは母も把握していなかったと思う。

それは劇団民藝という新劇バリバリの劇団で、三好十郎作「冒した者」という、原爆を扱っている難しい芝居だった、はずだ。母がどんな感想を持ったかは聞いていないが、私は生まれてはじめて観た舞台というものに、すっかり魅惑されていた。筋はさっぱりわからないが、ともかく幼気《いたいけ》な少女が、被爆しているため、長く生きていけない、もうすぐ死んでしまう、原爆のせいだ、こんな悲惨なことがあるなんて、と憤怒《ふんぬ》でいっぱいになり、新劇というものは凄いものだ、と感心した。

長い劇だったので、観ているうちに、私にはこの劇団に入りたい、という気持ちがあふれてきた。はじめて生まれた将来の夢だった。

でも劇団に入って私のできることはなんだろう、喘息の発作がいつ起こるかわからない私はどうやってこの劇団に参加したらいいのか。舞台に立つことは全く考えなかった。衣装を作る人の手伝い、舞台装置を造る人の手伝い、そういうのならできるかもしれない。

登場人物達は幕ごとに衣装が変わる。カーテンも付け替えてある。さっきなかった椅子やテーブルも出て来ている、そういうことをやる人にならなれるかもしれない。

将来の夢はでき上がったけれど、相変わらず欠席ばかりしているので、学校でその夢を語るのははばかられた。母にも言わないで、じっと胸にしまっていた。本屋さんに行って演劇に関する本を立ち読みしてもとても難しく、途方にくれた。

研究生に合格！

何年かが過ぎ、高校三年の二学期、新聞に劇団民藝が研究所の生徒を募集しているという小さい記事を見つけた。ともかく行ってみようと出掛けると、「新劇と私」という作文を書いて来いと言われ、家に戻って大急ぎで書く。劇団に入りたいが、新劇についてはさっぱりわかりません、みたいなことを書いた。

すると、一応試験場に来なさい、という報せがあり、また出掛けた。

私としてはまだ高校生だし、とにかく試験を受け、出た問題にそってこれから勉強すればいい、という考えだった。筆記試験、ちょっとしたリズム体操みたいなもの、何か歌えと言われても、音楽の授業にはほとんど出たことがなかったので歌詞がわかるのは「春の小川」だけだったが、ほそぼそと歌った。短い科白《せりふ》を読まされたが、一行目でつかえて三度読み直した段階で、「もういいです」と言われてしまった。

それでも合格したのは、筆記試験の成績がよくて、文芸部にでも入ればなんとかなると思われたらしい。一九五三（昭和二十八）年、こうして私は、劇団民藝の水品《みずしな》演劇研究所の生徒になれた。

劇団との出合いが、その後の半世紀以上、私の人生の支えとなっている。

これも母のおかげと、いまでは感謝している。普通のお母さんのようなことをなにもしてくれなかった、とずっと不満だったが、要所要所ではしっかり親としての務めを果たしていたのだ。もっと感謝の言葉を言っておけばよかったと悔やまれる。でも、あぐりさんは、そんなお礼など言おうものなら、「無理しないでよ、リップサービスはまっぴら」なんて言う人だから、私のほうもついつい口数が少なくなってしまうのだ。

喘息という病気はおかしなもので、出席日数だっていつもぎりぎり、おまけで進級させてもらっていたのに、劇団の稽古場に通うようになってから、三学期は休むことなく、しかも夕方から研究所通いをしていられるのだ。緊張するのがよいと言われているがそうかもしれない。

西洋医学でも東洋医学でも、おまじないでもびくとも治らなかった喘息は、五十二歳のとき鍼《はり》治療でピタリと止まり、以降発作は一度も出ていない。二歳で発作を起こして以来の半世紀だ。長生きしているので喘息のない年月もずいぶん続いている。終わりよければすべてよし、となることを願う。

できないことだらけの劇団生活

心の準備ができていない

新劇という言葉はいまや死語になっているが、当時は新しい演劇として輝いていた。そのなかでも、俳優座、文学座、劇団民藝は三大劇団と言われ、あこがれの劇団だった。

いきなりそんなところに入ってしまったのだから、ウロウロするばかり。だいたい高校を卒業してからもう一度試験を受けよう、その間に少しでも勉強して、と思っていたのに「この次は何年後に募集するかわかりません」と言われ、慌てて入ってしまったため、心の準備もできていない。

周りは大学の演劇部にいた人とか、演劇用語をすらすら言える美しい女性達。学校の授業が終わってからいそいで来て、科白の紙を渡されて喋れと言われても無理というものだ。私は俳優ではなく、裏方志望なので……と紙を返そうとすると、なにをやるにしても、演技の勉強はしなくてはいけない、と叱られる。「おはよう」という言葉を五通りの言い方で言いなさい、そして、誰に対してか、どんな情況かを説明しなさい、と先生に言われ、ヤダヤダ、そんな難しいこと、できるわけない、ムリ、ムリと心のなかで喚《わめ》いていても、やらざるを得ない。ともかく言う。周りが笑っているらしいが、上がってしまっているのでわからない。相当みっともなかったと思う。困ったな、とめげながらの日々が続いた。

劇団の公演の稽古が遅くまであるときは、子役を早く帰さなくてはいけないので代役として、私ともう一人の若い女の子が稽古場に連れて行かれたこともある。科白もなかったので遊んでいるみたいだった。ずいぶん偉い人達が周りにいたらしいが、そんなことも気がつかないくらいだった。

やっと高校を無事卒業して、稽古場通いだけとなった。無事卒業といっても、どうにかで、卒業式の日も喘息の発作が出てしまい、休んだ。

私は卒業式というものをとうとう経験しないまま終わってしまった。幼稚園も小学校も、中学も高校も、卒業式の日にはいつも喘息の発作を起こしていた。季節の変わり目はとくによくないのだ。春も秋も私には辛い日々となる。

卒業式は先生役としてドラマの「3年B組金八先生」に出演していたとき、経験した。出演している生徒達は、その日が番組とも別れる日になるので、みんな本気で泣いていた。「仰げば尊し」の歌もドラマのなかで歌った。

女優になるわけではない、という逃げ道

稽古場通いがはじまっても喘息はときどき起きた。それでも回数は少なくなってきていた。

民藝には映画社という部門があった。あるとき、教育映画を撮影することになり、その主役に私が選ばれてしまった。また、ムリ、ムリ、できない、という気分だ。

それは、いまでいうシングルマザーの子が、就職するのに困難がつきまとうという社会問題を描いた作品で、地味でオドオドしている私のキャラクターがその役に合っていたらしい。

研究所生活だけでも場違いな感じで過ごしていたのに、映画出演なんて、いったいどんな風だったのだろう。フィルムも残っていないだろうから、いまでは全く想像できない。スチール写真があるからやったことだけは間違いない。私にとっては、これ

も勉強なのだから仕方ない、と頑張ったのだろう。

新人公演というものもあり、劇団員にまじって私達も出演した。私は十三歳の千代という、売られてゆく女の子の役をやった。これも相当下手だったらしく、演出家が、「わからないことがあったら聞きなさい」と言ってくださったが、なにがわからないのかさえわからなかった。

それでもめげないでいられたのは、私は女優になるわけじゃないのだから、という逃げ道があったからだ。

このときの恥ずかしい思い出がある。舞台稽古が終わり、翌日の初日にむけて演出家からの〝ダメ出し〟というのがあり、演出助手の人が、その紙を配っていた。私のところに配られたダメ出しの紙には、「千代下手すぎる」と書いてあった。さすがに頭がくらっとした。いくら下手でもあまりに冷たい。

しかしそれは、下手《へた》ではなくシモテと読んで、出てくるのが下手《しもて》すぎるから、もっと舞台のなかまで進んでから科白を言うように、という意味だと説明された。上手《かみて》、下手、という言葉さえピンとこないド素人だったのだ。

私は女優になる！

稽古に時間をかけて芝居を創り上げる

いまでこそオーディションは当たり前になってきたが、六十年以上前、それは日本ではめずらしいことだった。しかも、民藝という堅い劇団が主役を一般から募集するというので、大騒ぎになった。

「アンネの日記」を上演するに当たって、主役のアンネ役のオーディションが行われたのだ。全国から大変な数の応募者が集まり、劇団の周りが華やかになっているのを私達研究所の生徒も感じていた。別世界の出来事だった。

「アンネの日記」の稽古がはじまった。驚いたことに、私も稽古場に来て、どのように芝居ができ上がっていくのかを見ていなさい、と言われた。

これも勉強か、と思ったがなんという居心地の悪さ。大変な数のなかから選ばれたアンネ役の、どこから見ても西洋人形のような美少女の隣に座らされて、「本読み」という、台本を声を出して読む稽古に参加した。トップクラスの役者さん達が集まって科白を言い合っているのだから、うっとりするくらいいい時間だ。美少女も可愛い声で上手に読んでいる。大したものだと感心した。

劇団では稽古に時間をかけてしっかりやる。二十日近く本読みが続き、その科白の解釈や表現のしかたなど、細かく細かく話し合う。演出家だけでなく、各々の役者も、自分の役について語ったり、質問したりしている。アンネ・フランクはユダヤ系ドイツ人なので、その知識も必要だ。ヒットラー、ゲシュタポ、ホロコースト、と学校では学ばなかった勉強も続く。

アンネは五歳でナチスの迫害を逃れドイツからオランダのアムステルダムに移住したユダヤ系ドイツ人の少女だ。しかしオランダもドイツ軍に占領されたため、十三歳のとき知人の家に逃げ込む。そこは屋根裏で、父、母、姉の他、知らない家族達もまじって八人の生活がひっそりと行われた。

大きな音もたてられない、話し声も気をつけなくてはならない。そんな窮屈な生活のなかでアンネは日記を書く。日記だけが友達だ。自分の思いをありったけ日記に書き綴る。二年間の隠れ家生活のなかで書いた日記がもとになって、この「アンネの日記」という戯曲ができ上がった。アメリカをはじめ何カ国かで上演され、映画にもなった。

『アンネの日記』は、世界中の言葉に翻訳され、いまでも世界で最も読まれている十冊の本のなかに入っている。日本でも一九五二（昭和二十七）年に『光ほのかに　アンネ・フランクの日記』として出版されて、私も高校生のとき読んでいた。

その戯曲を日本でも上演する。しかも主役のアンネ役は一般募集で決まった美少女。いやがうえにも世間の関心は盛り上がっていた。本読みの期間が終わり、立ち稽古がはじまった。その段階でほとんどの人は科白を覚えているので、台本を持たずに動きの稽古になる。

突然の代役で舞台デビュー

なるほど、こうして芝居というものはでき上がって行くのだな、と感心して見ていた。本読みも一回読んでみなさいと言われたり、立ち稽古もほんの少し経験させてもらった。でも、まさかそんなことが起こるなんて、夢にも思わなかった。

初日が開き、一週間くらいしたときだった。朝、家に電話があり、劇団に来なさい、と言う。主役のアンネ役の人が風邪をひき声が出ない、代わりにやりなさい、という信じられない言葉だった。共演の先輩方はもうみんな稽古場にいらして、そのなかで稽古がはじまる。あまりに突然のことで思考が止まっている。しかし、やるしかない。不思議なことに科白がどんどん言える。その段階で劇団でも、これで休演しないで舞台が続けられると思ったそうだ。

そんなことも知らず、ただ稽古を続け、夕方になってしまった。動きは覚えきれていなかったが、開演時間になった。普通芝居は、初日前に舞台稽古というものがあり、二、三回は本番と同じようにやり、いよいよ観客の前で初日を迎える。私の場合、突然、大勢のお客様の前に飛び出していった、という珍事としか言えない状態で初舞台をふんだ。一九五七（昭和三十二）年、私は二十二歳になっていた。

いま考えても、なぜ、あんなにたくさんの科白を一度もつかえることなく言えたのか、本当にそんなことがあったのだろうか、と不思議だ。これが若さというものなのか。

その後、もともとのアンネ役が元気になって戻ってきたのに、ダブルキャストということで、私もそのまま舞台に出続けることになってしまった。そして、この公演は二年近く続いたのだ。

ここでまた喘息の話になるのだが、なんと、自分が出演する日はなんともないのに、休みの日には酷い発作が起きる。自分が出なくても、他の人の演技を観て勉強しなさい、と言われているのに、ゼーゼー息が苦しく、咳もひどくて、とても客席に座っていられない。まだ喘息は認知度が低く、病気だと信じてもらえないまま、勉強熱心じゃないと言われてしまった。

東京公演が終わり、地方公演が続いた。一日中みんなと一緒、その頃はビジネスホテルもなく、旅館の一部屋に五、六人が寝泊まりする生活だったので、私が夜中に苦しみ出すと、妙な病気があるものだとやっと少しはわかってもらえた。

ある夜、目を覚ましたとき、先輩達が、こんなに体が弱くちゃ続けられないわよ、この公演で終わりでしょ、と話し合っている声を暗闇のなかで聞いた。そのとき、はじめて、「やめるものか」、という闘志が湧いた。「私は女優になる」と決心した。

舞台が楽しかったことは一度もない。ただ責任感だけだった。芝居が終わってのカーテンコールも、客席の拍手に応えておじぎをするのだが、一度も顔を上げることができなかった。

なにか申し訳ない気がしていた。私なんかですみません、という感じだ。

オーディションで受かった子のアンネが観たかったのにと、がっかりしたお客さんもたくさんいたことは耳に入ってきていた。そりゃそうだろう、と思った。でも、や

一般募集で決まった「アンネの日記」の主役がダウン。
代役として22歳で初舞台をふみ、無事に大役をこなした。

るっきゃないのだ。

「あなたの東京公演は全部観たわ」

ところで、この「アンネの日記」に絡んで、後年また母の不思議さがわかった。初舞台から何十年かのち、指揮者の岩城宏之さんからシュバルツ作曲の「アンネの日記」をフルオーケストラで演奏するから、日記のなかのいくつかの言葉を読んでほしい、との申し出があった。

アンネに関しては、懐かしさはあったが、苦い思い出もたくさんある。しかも、もうこんなトシなのだから、十三歳の女の子の日記を読むのはやはり若い女優さんにお願いしたほうが、とお断りしたところ、こんな風に説得された。

いやいや、この交響楽は、オードリー・ヘップバーンが晩年に作曲家に依頼して作ったもので、朗読もヘップバーンがやっている。彼女は若い頃、アンネ役で映画に出るように言われたが、日記を読んでとても自分にはできない、と断ったそうだ。

しかしアンネが日記の最後に書いた、「私が大人になったら平和を愛せる人になりたい」という言葉は、ヘップバーンにとって忘れられない言葉となった。世界中から愛された大スターは六十歳のときユニセフの親善大使に就任、残りの人生を貧しい子どものために捧げた。

そのコンサートもチャリティで、集まったお金を寄付するためのものだった。

「ですから、年齢からいっても、ちょうどいいのです」との岩城さんからの励ましの言葉に、私は出演を決めた。

コンサートは京都で行われた。

その話をしたところ、母が「私も行く」、と言う。

「だって京都だし、私は忙しいから付き合ってあげられないし、やめといてよ」と言ったところ、「私は『アンネの日記』の公演は全部観たのだから、今度も行かなきゃ」、と強い口調。

「観たって、そんなこと一度も言わなかったじゃない」、と言うと、「いいじゃない、あなたが出かけたあと、公演のはじまる頃に行って、終わって帰ってきたら、少ししてからあなたは帰って来たのよ、チケットも自分で買って東京公演は全部観たわ、遠い所は行けなかったけれど、東京の近くには行ったのよ」。

三十年ぶりに聞く驚く話。あぐりさんはホント変わっている人だ。

娘に役がつくと、菓子折など持って劇団に挨拶にみえる親だっているのに、母は一度も現われなかった。子どもの頃のカラシの湿布が頭をよぎった。やるべきことはちゃっちゃっとやって、あとは仕事。そんな感じだったのだろうか。

仕事はまだ続けているとはいえ、だいぶ時間に余裕ができたから、京都にも足をのばしてみたくなったのかな、と思った。

何十年もあとにそんなおまけもついて、初舞台「アンネの日記」は、私にとってはさらに忘れられない公演となった。

この公演のあと、私は研究生から劇団員という身分になった。いよいよか、と重い気持ちになった。いま思えば、バチ当たりだ。有難いことではないか。私の性格もやっぱり親に似て、かなりゆがんでいるようだ。

高校生のときから33歳で退団するまで所属した劇団民藝。新劇で過ごした日々は青春そのものだった。

「役について人の何百倍も思いなさい」

自分で注射を打ちながら舞台に

劇団員になって最初の舞台は、「ポーギイとベス」という翻訳劇だった。オペラでも有名な出しもので、ガーシュインが全曲作曲している。なかでも「サマータイム」は名曲で、未だに数々の歌手によって歌われている。

そのガーシュインの曲を使うのには、想像を絶する高額な著作権料を払わなくてはならない。だいたい新劇俳優に、そんな歌など歌えるはずもない。そこで日本の作曲家に頼んでほんの少しの歌だけ作ってもらい、私達は猛練習して、何とか歌った。「ポーギイとベス」は黒人の話で、私は老人に嫁いだ若妻の役をやった。衣装から出ているところは全部真っ黒に化粧した。

ここでまた喘息問題だ。その頃は、発作を一時抑える薬は注射しかなかった。もし途中で発作が起きたときのことを考え、腕に絆創膏《ばんそうこう》を貼り、その上から黒いドーランを塗り、いざというときは絆創膏を剝がして、そこに注射をすればいいと考えた。

幸い舞台中では大丈夫だったが、楽屋に戻ると苦しくなることもあったので、トイレに駆け込んだものだ。

いつも持っていないと心配で、ハンカチに包んだ注射器とアンプルを衣装のなかに隠し持っていた。

自分で衣装にポケットを作ってそのなかに入れていたこともある。現在あるスプレー式の一時抑えの薬ができたのは、私が三十歳を過ぎた頃だった。いまよりだいぶ大きく、不格好だったが、どんなにほっとしたことか。

自分で注射をするのは十二歳くらいからできた。兄の淳之介も喘息だったので、発作が起きて医者に行くのは面倒だと、自分で打っていた。私もその真似をしてできるようになった。

宇野重吉さんに教わった言葉

一九六九（昭和四十四）年に退団するまで、民藝にいた時代は大変恵まれていたと思う。新劇の代表作、島崎藤村の「夜明け前」、久保栄の「火山灰地」などに、よい役で出演した。

ここで一生忘れられない言葉と出合う。劇団の創設者のひとりである宇野重吉さんに教わった、「思えば出る」という言葉だ。

相変わらずヘタクソな私に対して、「きみはヘタクソだから、他人の何倍も何百倍も、役について思いなさい。そうすると、その役の心が、客席に伝わっていくものなのだよ」とおっしゃった。私はこの言葉に救われて、一生懸命、その役について思いを馳せた。

思っているだけでは本当は無理なのだが、技術で追いつかない私は、この言葉に縋《すが》った。その後も、役を演じるときには必ずこの言葉を思い出して、身を引き締めるようになった。

このところ、山田洋次監督の映画に出演させていただくことが多くなった。山田監督は、科白は心のなかの思いがひとりでに出てくるようにしてください。表情をつくったり、言い方を変えたり、そういうのでなく、心と繋がって自然に言えるようにしなくては、その人間を表現することはできません、とおっしゃる。宇野さんの教えてくださった言葉は五十年以上たったいまも、山田監督の映画のなかで生きている。

現在は映画でもテレビでも時間の節約のため、あまり細かく演技のことなど言ってもらえない。とくに私のように長くこの世界にいる者は、放っておかれる。

山田監督の演出は久しぶりに民藝時代を思い出させてくれ、再び新鮮な喜びを感じさせていただき、嬉しかった。

ベルリン国際映画祭ではじめて外国へ

民藝には十五年いた。十八歳で研究所に入り、三十三歳で退団した。高校生活からそのまま劇団に入り、世界は劇団のなかだけ。青春イコール新劇だった。

舞台のほか日活映画にも出ていたが、控え室には「民藝」と書いてあり、役者は、男も女もその部屋のなかで撮影の休み時間を過ごした。

隣には石原裕次郎さん、小林旭さんなどの名前の貼ってある部屋が並んでいた。日活の俳優達はみんな明るく、元気がよくて仲良しだった。でも私にとっては別世界の人のようだった。一緒の作品に出ているのだから、セットのなかでは自然に打ちとけていたし、日活のスターさん達はみんな親切だった。

そのなかでも石原裕次郎さんには、こんなに心の優しい人がいるんだと感激した。

なにより、スタッフの人達に優しいのが、気持ちよかった。

華やかな日活の俳優のなかではひときわ静かな藤竜也さんと姉弟の役をやった。裕次郎さん主演の映画だった。二十一歳の藤クンはとても無口だった。でも何か心が通じるものを感じた。彼の仕事に対する真摯《しんし》な態度にはいつも驚かされる。

その後も何度も共演したが、相変わらず言葉少ないまま、私達は現在までわりと仲良く友情を保っている。

映画の配役も貧乏な女の子の役が多かった。今村昌平監督の「にあんちゃん」では、廃坑に生きる貧しい朝鮮人の子ども達を助けている保健婦の役をいただいた。その映画がベルリン国際映画祭に出品されることになり、私も連れて行ってもらえることになった。

いまでこそ、外国の映画祭で日本映画も日本の俳優も脚光を浴びるのは当たり前のようになっているが、一九六〇（昭和三十五）年、その頃はまず外国に行くのもめずらしかった。このときばかりは、日活の女優さんから抗議が起きたそうだ。そんなまたとないチャンスに、日活専属でもない女優を連れて行くなんて！

気持ちは理解できる。しかし、私はこの夢のような話、私の一生で外国に行くなんてことは再びないだろうからと興奮した。ベルリンの壁が築かれる前年のことで、聞

映画「愛の亡霊」で藤竜也さんと共演。藤さんとはその後何度も共演、いまでも友情は続いている。(「愛の亡霊」1978／監督：大島渚)

いていたとはいえ、映画祭が行われる西ベルリンと特別に入れてもらった東ベルリンの貧富の差を自分の目で見た衝撃は大きかった。はじめて知る外国の姿は、強く目に焼きついた。

コマーシャルにも出た。「森永のおねえさん」という役で、ポリウレタンで作った大きなホットケーキの上でトランポリンよろしく、ピョンピョン跳ねて、ホットホットホットホットケーキと歌った。

新劇の世界から羽ばたくとき

一人前の新劇俳優になりたい！

劇団は舞台収入だけではとてもやっていけない。民藝では日活映画に俳優十二人が契約をして、その出演料を劇団に入れてみんなで分ける、という方法をとっていた。

私は月二万円をもらっていた。これは三十歳になるまで同額だった。だからいつも二、三枚の洋服を使いまわして着ていた。あるとき日活の所長さんに呼ばれ、友達のを借りてでも、もっと綺麗な格好をして来なさい、と注意されたこともある。

でも劇団のなかでは、それは無理というものだ。スターの人達は美しい色のふわふわのコートを着ていたり、車の話に花を咲かせたりしていたが、こういう人生は私とは関係ないな、と割り切っていた。でも、ちょっと羨ましかったことは確かだ。ペパーミントグリーンのセーターを着たら、私も明るくなれるかしら、と思ったりした。

新劇俳優がコマーシャルに出るなどは、何ごとだ、と白い目で見られたし、わざわざお説教に来た人もいたけれど、劇団の決めたことだし、なにより、ギャラは劇団に入るのだから、私としては責任の持ちようもない。楽しく明るくやらなくてはいけないのに、新しいバージョンの撮影があると暗い気持ちになった。そのうち、それこそいつの間にか何人かの先輩がたもコマーシャルをなさるようになり、ほっとしたものだ。

めずらしい経験をさせてもらってはいたが、私は新劇俳優になるのだという気持ちは全く揺らぐことはなく、先輩のかたがたを見習い、演技術を身に付けて一人前の女優になろうと努力を重ねていた。

「演技派と言われないようにね」

寺山修司さんのラジオ番組に出たことがあった。いまで言うフリートークの番組で、パーソナリティの寺山さんが、ゲストをまねいて自由に語るという、当時としてはかなりユニークな番組の作り方だったと思う。

寺山さんは天才の名をほしいままにして、さっそうと現われた新しいタイプの芸術家だった。ラジオドラマを書けばイタリア賞でグランプリを獲ったり、テレビドラマでも芸術祭参加の大作を書いては評判になり、短歌、俳句、戯曲など多方面で才能を評価された才人だった。

その寺山さんとのラジオ番組が終わり、一緒に帰る車のなかで「民藝やめたら」と突然言われた。私は、まるでそんなことは頭になかったので、「やめません」とそっけなく答えた。そうしたら、「じゃ、演技派って言われる女優にだけはならないでね」、と彼は言ったのだ。

これは私にとって不思議な言葉だった。演技が上手くなるために勉強しているのではないか、演技派は将来の目標なのにと思った。

しかしこの言葉は妙に頭に残った。

「演技派って言われないようにね……」

「思えば出る」

この二つの言葉が、ずっと私の女優生活につきまとっている。この言葉が身体に沁みこんだおかげで、長い女優生活、なんとか続けられたような気がしている。

三十三歳になったとき、私は民藝を退団した。

小劇場に心奪われて

唐十郎さんの戯曲「少女仮面」

私の演劇生活に突然の変化が現われた。なんの疑いもなく新劇の世界にいたのに、気がつくと周りの演劇がずいぶん変わってきていた。

寺山修司さんは「天井桟敷」を創り、出演者は街に飛び出し、人々を巻き込んで芝居を続けたり、床下からお母さんが出てきたりといった斬新な演出で話題になった。「状況劇場」の唐《から》十郎さんは新宿の花園神社に赤い大きなテントを張って、そのなかで芝居をしていた。「早稲田小劇場」の鈴木忠志《ただし》さんは、早稲田の小さな喫茶店の二階を劇場にしていて、連日床が抜けそうなくらいのお客さんが押しよせたり、「自由劇場」はビルの地下で、串田和美さんを中心に次々に新作を発表していた。現在引く手あまたの俳優、小日向文世さんや笹野高史さんが、その頃は無名のまま、元気いっぱい飛び跳ねていた。

同じ芝居の世界でも、まるで別世界だ。私はソロバンで数を数えているのに、なにか知らない機械ができていて、そういうのを使いこなす人達が現われだしているのだ、と恐いもの見たさに、ちょっと覗いてみたりした。

そんなとき、鈴木忠志さんから、唐十郎さんの戯曲、「少女仮面」が送られてきた。そこには「一緒にやりませんか」との言葉もあった。鈴木さんも唐さんも、新劇というものが君臨している以上、日本の演劇は変わらない、という発言を大新聞に書いている人達だ。簡単に言えば、「われわれは、新劇をぶっつぶすぞ」と叫んでいるのだ。

困った。

困ることはない、そんな人達と一緒に仕事ができるわけがない、と思えば簡単にことが済む。しかし、私の常識はできが悪い。すぐ、ぐずぐずと崩れていくのだ。「少女仮面」にひきつけられた私は、もう元には戻らなかった。

どう読んでいいのか、わからなかった。しかし、台本から目を離すことができない。どこか懐かしいような感じがする。筋も把握できないまま、台本を握りしめていた。

民藝から渡される台本は、表紙のついた立派なものだった。でもこれはペラペラの紙にガリ版で刷ってある、唐さんの手書きの台本だ。

世界が違う、すべてが通じない

私は、民藝のなかでいちばん好きで、尊敬もしていた宇野重吉さんに電話をした。「お話があります」と言うと、「今夜でも来なさい」と言われ、夕方近く、近所でバラの花を買って出かけた。その花が小さくて粗末だったことがいま思い出しても恥ずかしい。迷ったが、やはり花は必要だと仕方なく買い、訪ねた。

私の言うことに耳を傾けていた宇野さんは、「うーん」と唸り、座っていたソファの上に胡坐《あぐら》をかいた。

「しかし、それはルンペンになるってことじゃないか。せっかくここまで来たのに、屋根がないようなところで生活するわけだよ」とおっしゃった。しかし私は、「それでもやりたいのです。この作品に出る以上、民藝にいるわけにはいかないので辞めます」と言い、そのまま宇野家を出た。

帰り道、すっかり暗くなっている柿の木坂の道を駅まで歩きながら、私はどうなっていくのだろうと、いつまでも涙が止まらなかった。

翌日、劇団は臨時総会を開いて、私の退団が宇野さんから報告された。

民藝のなかで一番尊敬をしていた宇野重吉さんからは、芝居に対する最も大切なことを学んだ。

周りは騒がしくなった。「その連中がどんな人間か知っているのか」と怒鳴った人もいた。そのとき宇野さんは、「役者が、この役を演《や》りたいって思うのは、大切なことなんだ。それを見つけたんだから、喜んで送り出してやろうじゃないか」と、言ってくださった。

当時は相当めずらしいことだったらしく、このことは新聞の社会面の記事になった。大劇団の女優がアングラに移った、というような内容だった。いまでは考えられないことだ。ずいぶん昔の話だ。

鈴木忠志さん率いる「早稲田小劇場」には、白石加代子さんがいた。

「少女仮面」は、宝塚にあこがれる「貝」という少女が、宝塚の大スター春日野八千代と思い込んで妄想のなかに生きる白石さんを相手に繰り広げる奇想天外な物語だ。そのなかに唐さんの演劇論が含まれているのだが、当時の私には理解できなかった。

稽古がはじまっても、さっぱりわからないままの私は、立ち往生。鈴木さんも、「困ったな、なにしろ育ちが違うからな」と頭を抱えていた。

私も困っていた。いままで身に付けた演技はなに一つといっていいほど通用しない。どうしたものか。

鈴木さんは怒って自分が座っていた椅子を投げて来た。民藝で大切に育てられていた私は、びっくりすると同時に、こんなことをされたんじゃ、ますますできなくなる、と憤慨して科白も言えなくなった。そのとき白石さんは、その椅子を足でそっと別の場所に移し、何事もなかったかのように稽古を続けていった。
衝撃だった。この世界でやっていくんだ、と腹をくくった。

演劇魂の根っこを見つけた！

鈴木さんの狂気に近い本気の稽古はいつまでも続いた。弾丸のようにぶつかって来る生身の肉体を、これほど近くで感じるのははじめてだった。その間、喘息の発作も出るし、自然気胸にはなるし、血は吐くし、熱は出るし、でもやるしかないではないか！　稽古に出掛けるとき、母が大声で「死んじゃうわよ」と言い、ふり返ったら仁王立ちになった母の目が、泣いているのか怒っているのか、飛び出すように私を見つめていた。でも、やるしかなかった。

違う、違うと言われながらのマンツーマンのトレーニングにもかかわらずなかなか改造が難しく、鈴木さんは何度も「育ちが違うからな」と悩んでいた。自分が目指している演劇に、なんとしても結果を出したかった。諦めることなく続いた稽古も何十日目か何カ月目か忘れてしまったが、幕を開けるまでになった。

待っていたお客さんが詰め掛けた。目の前に人の顔がある、これもはじめての経験だ。歌など大の苦手だが、ほんの少し歌わなくてはならない。小室等さんが、これ以上はムリというくらい簡単な曲を作ってくださった。その歌を歌い出した途端、客席から、「ヘタダナ」と声が飛び、笑いが起こった。

こんなのも初体験。新劇のお客さんは、いつも静かに観てくれていたのに。でも仕方ないから歌った。舞台が終わったとき、「最後まで歌ったのは偉い」と、鈴木さんはそこだけ褒めてくれた、

「少女仮面」は一カ月公演の予定が二カ月になり、毎日毎日下手な歌を歌っていた。鈴木さんの演出の舞台はその後四本演り、私はまた別の舞台にも目がゆき、いろいろ演った。二十年の年月のあと、再び鈴木演出の舞台に戻った時期もある。空白の間も、私の身体にはあのハードな演劇魂が定着し、どんなときにも慌てない根っこができた。

鈴木演出にも、型は違うが「思えば出る」は生きていた。心を通らない演技は決して許してくれなかった。

宇野重吉さん、鈴木忠志さん。まるで違うタイプの演劇人だが、その心のなかの演劇に対する純粋さに触れることができた私は、幸せだった。

白石加代子さんと同じ舞台に立った「少女仮面」。鈴木忠志さんの演出からもう一つ別の演劇魂を教えられた。

鈴木さんは東京を離れ、富山県の利賀村《とがむら》を拠点に演劇活動を続けている。四十年にもなるがその勢いはとどまるところを知らず、当時過疎地だった村は、演劇祭のある月には、何万人もの観客が押し寄せて来る。世界演劇祭も行うし、鈴木さんの劇団、「SCOT」の海外公演も常に行われている。

二十代に出合ったパワーは、五十年以上たったいまも衰えることはない。「怪物」だ、と私は密かに思い、尊敬の念を抱いている。

自分で作品を決める醍醐味

一人になった私の毎日は急に忙しくなった。次は何を演ろう、というのがいつも頭のなかにあり、希望がどんどんふくらんでいった。

民藝では、まず配役表が出される。それを見て自分の方針が決まる。一本の芝居に出ると、稽古、東京公演、地方公演と、半年から一年近くその作品と共に過ごす。そうやって何年も生きてきた。

これからは誰も決めてくれないから、自分で考えるしかない。鈴木忠志さんとの舞台が何本か終わったあとは、それこそ屋根のない部屋に放り込まれたみたいで、次なる宿を探さなければならない。

私はイギリスの作家、シーラ・ディレーニーが十代のときに書いた戯曲、「蜜の味」が演りたくなった。

民藝時代、研究生発表で演ってみないかと演出家に言われた芝居だが、十八歳の女の子の役なんてムリ、と断っていた。それが読み返してみると、ぴたっと心にくいついた。三十も過ぎている私なのに、この少女の心を演じられる、と思った。

彼女は娼婦の母親と二人で暮らしている。男が変わるたびに引っ越す母親について、今日も新しい家に入る。「気に入らないな」とその家を眺めまわして言う。最初の科白、「気に入らないな」というのが気に入ってしまったのだ。

その頃の私は、周りが気に入らないことだらけだったのだ。だから、ぴったりと気持ちに入った。

演出は英文学者で演劇評論家でもある小田島雄志《おだしまゆうし》氏にお願いした。小劇場のとき、いつも観にいらしていて、楽しそうに芝居を語っていらした姿を見ていたので、そのかたと一緒に舞台を創れたらと思ったのだ。小田島先生は演出はやったことがないし、と躊躇なさったが、最後には自分が観たい芝居を創るのもいいかな、と引き受けてくださった。

六本木の「劇場」とも言えないくらい小さい場所で公演したが、思わぬ好評のため、西武劇場（のちのパルコ劇場）でも再演した。

がむしゃらにはじめた演劇生活は、よかったり、悪かったりの繰り返しではあったが、私はちっとも退屈せずに進んでいった。あとになって、あのメチャクチャな芝居がなければ、もっと女優としての評価が上がっていたのにね、と偉い劇評家に言われた。

「蜜の味」はオーケーだったとしても、まあ、そう言われてもしようがないか、という出し物もあったが、それでも私は、めいっぱい楽しく演じていたのだから後悔はない。

「蜜の味」で紀伊國屋演劇賞を受賞。30歳を過ぎてこの戯曲の味が理解できるようになった。右は細川俊之さん。

一人芝居「MITSUKO―ミツコ　世紀末の伯爵夫人―」で全国行脚《あんぎゃ》

芝居と無縁の町で演じる醍醐味

私は舞台を長いこと演っていたので、旅は付きものだった。大きい劇団にいたときは、劇場のある町にはすべてといっていいくらい行った。北海道から九州まで、ほとんどの都市に行ったものだ。九州公演などは一カ月以上もかかり、「まだ九州にいるの？」とその町の数に驚いたことがある。

劇団を離れて、小さいプロジェクトの舞台を演るようになってからはあまり旅公演はできなくなった。受け入れ態勢が少なかったからだ。

一九九三（平成五）年に、一人芝居「MITSUKO―ミツコ　世紀末の伯爵夫人―」を演ることにしたのは、東京には芝居が多過ぎる、地方のまだ生の舞台を観たことのない人達、そして観たいと思っている人達のいるところで芝居を演りたい、というのが発端だった。

神戸で一人芝居大会があり、その十年ほど前に演じた、オクターヴ・ミルボー原作、ジャンヌ・モロー主演で映画にもなっているフランスの芝居、「小間使の日記」で参加してほしいとの話があった。しかし、それでは面白くない。どうせなら新しい一人芝居を創ろうと「小間使の日記」の翻訳、演出をした、大間知《おおまち》靖子さんと話し合い、クーデンホーフ・光子という、日本人女性の話を戯曲にしてもらって公演することにした。

主人公の光子は一八七四（明治七）年生まれの実在の人物。本名を青山みつという、東京・牛込の骨董屋の娘。オーストリア＝ハンガリー帝国の駐日代理公使として来日していた伯爵と出会い、結婚してヨーロッパに渡るという数奇な運命をたどった女性だ。

神戸の公演を終えたあと、せっかく創ったのだから地方公演もしようということになり、それならば、いままで舞台を観たことのない人のいる町に行こう、と決めた。

大都市での公演のように、舞台を観なれた人の前ではなく、はじめて芝居というものに触れる観客を前にして、私はどんな気持ちになるのか、それがいちばんの興味だった。

大間知さんと私は、「YOの会」という、二人の頭文字を取ってつけた、間に合わせの極小プロジェクトを作り、狙いをつけたところの人達と交渉に入った。

大間知さんの奮闘の賜《たまもの》で何カ所か決まった。こんな場所にこんな立派な劇場が、と驚くところもあったり、劇場はないがスーパーマーケットがあり、二階はまだテナントが入っていないのでそこで演ってもらいたい、という話もあったり、平たいスペースに櫓《やぐら》を設けて芝居をしたときもある。スタッフも大変だが、「面白いじゃない」と初体験を楽しんでくれた。終わって出て来たら、真っ暗な中、狸が一匹道にいたこともある。

お寺でも演った。檀家のかたもたくさん来てくださった。

このときに県境サミットというものがあるのを知った。県境にある市町村はなかなか発展が難しいので何とかしようという運動があり、そのためにも、と呼んでくださった。宿泊所も少なく、ビジネスホテルを拠点に、バスで南へ北へと出掛けて行った。

「ミツコ」の魂に導かれて

そしてなんと、ヨーロッパ公演も実現した。

舞台を持って外国に行きたい、という夢はいつも持っていた。海外旅行がなにより好きという私にとっては、舞台で演じるために外国に行くことは二重の喜びだ。遊び

一人芝居に挑戦した「MITSUKO —ミツコ　世紀末の伯爵夫人—」は国内各地はもちろん、ヨーロッパ公演も実現させ、13年間続いた。

に行くのももちろん楽しいが、外国の観客の前で芝居をするのは、これまた格別の刺激がある。いままで何度か経験してきたが、あれはヤミツキになる。

舞台美術家の朝倉摂《せつ》さんがはじめて演出なさった「人形姉妹」は一九七六（昭和五十一）年に渋谷の地下劇場「ジァン・ジァン」ではじまったが、ニューヨークのダウンタウンにある劇場の名門「ラ・ママシアター」をはじめ、ニューヨーク近郊や、サンタフェ、サンフランシスコを廻り、一カ月近く公演した。

ちなみにこの芝居は、三十年後の二〇〇八（平成二十）年にニューヨーク市で再演。オバマ氏が大統領になるかもしれないと、騒々しいときだった。

鈴木忠志さん演出の「ディオニュソス」も、モスクワとニューヨークで公演した。

さて、青山光子さんのお墓はウィーンにある。

「MITSUKO」を上演すると決めたとき、大間知さんと私は、「ちょっとミツコさんにご挨拶に行かない？」とウィーン旅行をした。立派なお墓だった。さすが伯爵夫人、でも愛した夫や息子達の墓は別の所にある。戦争で国がバラバラになってしまったからとのこと。

こんなところに一人でいるんだ、とお花を捧げた。日本にいるときミツコさんは、紫陽花《あじさい》が好きだと言っていたそうだ。しかしどこの花屋さんにも、日本で見る薄紫の花はなく、華やかなピンクの紫陽花しかなかった。

紫陽花を愛でし光子の墓に挿す　窓鳥

お墓参りをしていたら年配のご夫婦が寄って来て、「あなた達は日本人かしら。このお墓のなかの人も日本人だったのよ」と、ニコニコと教えてくれた。

私達はミツコさんのお墓に手を合わせて、今度、あなたのことを芝居にさせていただきます。願わくば、こちらでも公演ができたらどんなに嬉しいでしょう、と報告した。叶うはずがない、第一予算がない。でも夢だけは語っておこう。

百パーセント叶わないはずだったのに、叶ってしまった。しかも、四回もヨーロッパツアーの公演が実現した。ミツコさんのおかげとしか思えない。

公演を企画してくださったかた、ヨーロッパで出会ったかた、みなさんこのうえなく心優しい人ばかりだった。音楽家のメニューインさんも観に来てくださり、その後も力を貸してくださった。こんな幸運に恵まれるとは、何か大きな力が動いているとしか思えない。

それは、ミツコさんの魂か。ミツコさんの魂はずっと私達と一緒にいて、この人、という人に出会わせてくれたに違いない。

日本とヨーロッパを行き来してこの公演は十三年続き、ミツコさんが最初に住んだロンスペルク城のすぐ近く、チェコのボヘミア地方での公演を経て、二〇〇五（平成十七）年十二月の末、長期にわたった幕を閉じた。

「ミツコ」がもたらした母と娘の時間

ミツコさんは、わが家にも、「和」をもたらしてくれた。

地方公演のあと、東京でも劇場を変えて何回か公演した。初日に観に来た母はすっかりこの芝居が気に入ってしまい、何回観に来たかわからない。ミツコさんの一生に自分と重なる部分を見つけたらしい。伯爵夫人という肩書はあっても、一人の女性だ。まず夫の突然の死、三十二歳で未亡人になったミツコさんは、七人の子どもを育てる。周りにどれだけの人がいようと、孤独であることに変わりはない。意地になって生き抜いている姿は、まるで自分のようだ、と思ったのかもしれない。

明治、大正、昭和、平成と生きてきた母には、どの場面にも思い当たることがあるのだろう。戦争も大きい。

「MITSUKO —ミツコ　世紀末の伯爵夫人—」で演じた光子はオーストリア＝ハンガリー帝国の伯爵に嫁いだ人。ウィーンにあるお墓で演出家の大間知さんと。

芝居のなかでミツコは言う、「日本には私の居場所はない」と。そして一度も故郷には帰らず、ウィーンで亡くなる。

空襲で家を焼かれても岡山には帰らず、山梨県の知人の家の一間を借りてお百姓をしながら私達を育て、敗戦まで過ごした母。環境はずいぶん違うけれど、その気持ちはミツコさんと同じなのかもしれない。

「和子は一人芝居が似合う」

母の席はいちばん前の列の真ん中に取っておいた。耳も目も年と共に不自由になってきているだろうと思ったからだ。

舞台にいながら母の姿が目に入るとはじめは困ったが、回を重ねるに従い、母に向かって芝居をしているような気になってきた。母が真剣に観ているのだから、と力が湧いた。終わると母は楽屋に来て、一緒に帰った。以前の関係とは大違いだ。

私達の舞台はぎりぎりの予算でやっているから、ヘアメークもスタイリストもいない。ミツコはなにしろ世紀末の人だから、髪も高く結い上げている。まげをつけているのだが、母はそのまげのつけかたに毎回ダメ出しをする。こうすればいいのよ、とやって見せてくれるが、ピンの挿しかたなどさすがに美容師、うまいものだ。

母の出身地である岡山公演のときもついて来て、集まった親戚縁者と楽しそうに話していた。九十歳もだいぶ過ぎた頃、楽屋に来るなり、私ってそんなに年寄りに見えるのかしらね。劇場に入って行くと、男の人がすっとんで来て支えてくれるのよ、そして席までついて来て、座るのを見てから出て行くの、と文句を言っていた。

本格的に歩けなくなるまで、とうとう杖は使わなかった。周りにすすめられても、そんな自分の姿は想像できなかったらしい。

兄の淳之介は私の舞台は一度しか観ていない。初舞台の「アンネの日記」を観に来て、すっかり疲れ果て、カンベンしてくれ、となってしまった。

兄はすでに芥川賞を受賞していて、現在のような露出とはまるで違う地味なものだったが、それでも少しは顔を知られていた。あの人の妹が出ているのよ、と指をさされるし、出ている妹は可愛くもなく、芝居は下手。いたたまれなかったそうだ。

晩年、兄が入院中、週刊誌に載った「MITSUKO」の評を見て、「和子は一人芝居が似合うんだ」と、お見舞いに来た友人に嬉しそうに話したという。その記事はめずらしく褒めてくれていた。心配していた妹がどうやら女優としてやっていけそうだ、とほっとしたのだろう。長い長い年月、ひそかに心配していてくれたのだ。

13年もロングランを続けた「MITSUKO —ミツコ　世紀末の伯爵夫人—」。母はミツコという女性に共感し、何回も観にきてくれた。

第四章

兄・淳之介、妹・理恵との日々

家族のなかの淳之介

幼い妹たちとどう接したらいいのか

父が死んだとき、兄・淳之介は十六歳。これから自分が父親代わりに妹二人の面倒を見ていかなくてはならないのか、と重い気持ちになったという。

父が死んですぐだったのだろうか、私は覚えていないのだけれど、母と兄と私とで、どこかに行ったときのことだ。

「道がデコボコしていて歩きづらく、それでも私はとっとと先を歩いていたら、淳があなたをおぶって一生懸命ついて来たの。なんて優しい子だろうと、感心したわ、淳は本当に優しい人だった」と、のちに母が言っていたが、母のなかでの淳之介の株は、生涯トップの座を保っていた。

子どもの頃の十一歳の差は大きい。私も妹も、よその家のお兄さんみたいに一緒に

『小さな貴婦人』で芥川賞を受賞した妹・理恵を囲んで。
兄・淳之介と兄妹での受賞は吉行兄妹のみ。

過ごせるような人が欲しい、と思っていた。そのほかに優しくされた覚えもないので、おぶってもらったという記憶がないのはとても残念だ。

兄は麻布中学校を出ると静岡の高校に行ってしまい、ますます接触する機会はなくなった。

静岡から兄が帰ってくる日はそわそわと待ちわびた。下駄の音がして、玄関がガラッと開くと、私と妹は走って出迎えた。

それなのに、大きなマントで蹴散らして、奥の部屋に入ってしまう。そこは父が使っていた部屋だそうだ。廊下の端にあり、隔離されているような感じにできている。そこに入ってしまったら当分出てこない。

二時間くらいたつと、銀紙をまるめて作ったボールが廊下に投げ出される。お兄ちゃんが出てくる、と障子を少し開けて待っていると、「ベンジョ、ベンジョ」と言いながら走って行き、またすぐ部屋に戻ってしまう。

あの銀色のボールは何の印だったのだろう。若い父親として、妹達と遊んでやろうかと銀紙をまるめてはみたものの、さて、どうやって遊ぶのかわからない。とりあえず廊下にころがして、反応を見たのだろうか。

猫じゃあるまいし、私達だって、飛びついてじゃれる、というわけにもいかない。

ただ見ているしかない。あまりうまくなかったけれど、でも私達には兄の思い出としてはっきり残っているから、まずは成功といっていいだろう。

兄は私達がまとわりつくと、着ていたマントで追い払って自分の部屋に閉じこもってしまう。優しいお兄さんが欲しい、せめて普通のお兄さんが欲しいと、私と妹は思ったものだ。

マントを着ていたのは、静岡高校からときどき帰って来たときだ。下駄を鳴らして帰って来た。マントと下駄が兄の思い出なのだが、本人は絶対そんなキザな姿で帰宅したことはないと、言い張っていた。

ところが近所の人が、「お宅の淳之介さんは、静岡から帰って来るときはマントをひらつかせ、下駄をはいていて、若いながらいい男でしたね」とおっしゃる。やっぱり私達の記憶のほうが正しかったのだ。そのことを兄に報告したら、「いや〜恐ろしいことだ」と照れていた。

やるな、さすがは淳之介

兄には小学校の同級生で好きだった女の子がいて、ときたま手紙が届くことがあった。そのときの喜びようったらなかった。手紙をひらひらさせて、名前を連呼していた。フルネームだったので、私達も覚えてしまった。

その彼女が、なんと五十年以上たった頃、家の近くのマンションに住んでいることがわかった。そこには、私が小学校時代から仲良くしている友達がいて、よく遊びに行っていた。

友人は明るい性格で、同じマンションに住む人達と交流があり、お兄さんと番町小学校で同級生だったってかたが入居されたわよ、と情報を教えてくれた。名字は違っていたが、名前は、私が子どもの頃よく聞いていた名前と同じだ。

地方に住んでいらしたけれど、ご主人が亡くなって、お嬢さんと二人、引っ越してきたんですって。絶対お兄さんの初恋の人だと思わない、と二人の間で盛り上がった。

これは朗報だ。数年にわたって入退院を繰り返し、そのときも病院にいた兄は相当弱気になっている。この話で少しは元気になってくれるかもしれない。

さっそく報告に行くと、ほんのちょっと興味を示したような表情をしたが、「しかしな、昔美人だった女性というのは、おそろしく変わってしまうからな……」と渋い返事。あの人、この人と思い出しているようだった。

そしてこの年、兄は死んでしまった。七十歳だった。

兄・淳之介は小説だけではなく、エッセイや対談の名手としてもメディアでもてはやされ、女性読者にも絶大な人気を誇った。

人が死んだあとは、覚悟していたトラブルや思いがけない難事が押しよせ、残された者は怒濤のような時間を過ごさなければならないものだ。

とりあえずひと息ついたとき、わが家に女性が現われた。白い花束を抱えたその人は、まぎれもない、兄の初恋の女性で、そして兄が会ったらきっと嬉しくなるような、柔らかい美人だった。

その人は言った。お兄さんとお約束していたのですよ。病院からお電話いただいて、退院したら、会いましょう、って。

何ということだ！　兄はしっかり希望を持っていたんじゃないか。浮かない顔を私に見せていたけれど、もうそのときは、次のプランを考えていたのだ。やるな、さすがは淳之介。

兄が解放されたとき

聞きそびれたこと

兄・淳之介の形見と勝手に決めて私が持っているのは、木を彫った河童のローソク立てだけだ。

これは、兄たち夫婦が住んでいた部屋に引っ越しのあと行ってみたら、仕事机の上に一つだけ残っていたのでもらってきたもの。古びてはいるが、なかなか味わい深い風情。目が飛び出していて悩みが多いような表情だ。兄に似ていると思った。

誰かが似ていると持って来てくれたものか、または自分で見つけたのか、そしてなぜそのローソク立てだけ残していったのか。兄に聞けばすぐ解決するものを、私はとうとう聞かないで終わってしまった。

ずいぶん前のことだ。劇団の長い旅公演から帰って来ると、兄達が引っ越したと聞かされた。ずっともめていたのを知っていたからとうとう別居するのだなと思い、隣の敷地に建っていた兄達の家に行ってみた。そしてガランとした部屋のなかで、このローソク立てを見つけた。

その河童はいまも私の部屋にあり、大切にしている。しかし、なぜ、ということを私はなぜ聞かないのだろう。こういうことはいくつかあり、なぜあのときちゃんと話をしなかったのかと残念だが、どうもそういう性格らしい。

入院しているときも、「おれもいろいろあって」と言いかけて黙ってしまった兄に、「なんなのよ」と聞き返せばとんでもない話が聞けたかもしれないのに、黙った兄を見て私も黙っていただけだった。

母は兄の柩《ひつぎ》に寄り添って

最後に会ったときも、そうだった。やっと頭を起こして私の目を見て、何か言いかけたその目の光は強く、私は恐ろしくなった。

苦しくて息もしにくい状態の兄の姿だけが目に焼き付き、私は「いいの、なにも言わなくて大丈夫、大丈夫」と、わけのわからないことを口ばしり、一人で慌てていた。

22歳のとき。兄・淳之介とは11歳離れており子どもの頃はまったく相手にしてもらえなかったが、晩年は芝居の感想を話してくれることもあった。

兄はそのまま頭を枕に戻し、目をつむってじっとしていた。それが最後とは思わなかった。

医者はあと一カ月くらいと言い、私はあわててネパールに行く仕事を早めてもらい、出発した。三日後に兄が息を引きとったとの電話が入り、仕事を残したまま帰国した。

飛行機の乗り継ぎがあり、帰国には二日かかった。私が帰るまで兄はベッドに寝かされていたらしいが、待ちきれず柩に入ったところにやっと間に合った。母は柩に寄り添い、一生懸命に話しかけていた。少し前に兄が吉行家のルーツを知りたいと言い出し、岡山の親戚に頼んでいた書類が届いたところだったので、その話を兄に向かって話していた。

ああ、やっと解放されたわねと、私は兄の静かな表情を見て、心のなかで思った。病気ばかりしていて、そのうえやっかいな私生活。強い人だった。

「気に入らぬ風もあろうに柳かな」という句がいいね、と言っていた。落語などにも使われている仙厓《せんがい》和尚の句だけれど、なにかあるたびに、この句を思い出していたらしい。

四歳違いの妹、理恵

猫だけに心を開いて

私が芝居に夢中になっていた頃、妹の理恵はどんな生活をしていたのだろう。

二〇〇六（平成十八）年に亡くなってから、数年たって送られてきた「月刊ねこ新聞」に、彼女が二十九歳のとき書いたエッセイの一部が掲載されていた。

ご夫婦二人で創っているこの新聞は、二〇一六年に創刊二十二周年、二〇〇号記念を迎えた。紙面は猫の好きな人達の文章や絵で埋められていて、これまで妹の書いたものを何回も載せてくださっている。

妹が二十九歳の年といえば、四歳違いだから、私は三十三歳。この年は四年続けた結婚生活を解消したり、劇団を辞めたり、忙しい年だった。妹のことなど考えている頭はなかったのだ。

難しい性質の妹は、人との付き合いが至難のわざで、若い頃はなんとか他人とも付き合っていたらしいが、だんだんその性質は硬直してきて、自分でも困っていた。私はいい話し相手だったと思うが、なにしろ時間がなかった。

そんな彼女にとって、猫だけが心の通じる相手だった。妹の文章を読むと、どれだけ猫に救われていたかがひしひしと伝わり、胸が痛む。

詩人・理恵の才能

妹が書いた小説のようなエッセイのような、自伝のような、やはり小説のつもりで書いたであろう本が何冊かある。そのなかに『男嫌い』、というタイトルの本がある。私は妹の男性にまつわる話はまるで聞いたことがないが、その本を読むと、ほんの少しは、なにかあったようだ。

あんな人に会わなかったら！　いやな人だったわ、とこの小説に出てくる冴《さえ》は思い出したくもないのに、つい思い出してしまう。そのとき、少し離れて、見つめている大きな灰色の猫の存在に気が付く。

子どもの頃は健康で走りまわっていた理恵だが、だんだん心を開くのは猫だけになっていった。

――「どうしたの？　恐《こわ》いのかい」って、この猫、訊《たず》ねているのかしら。「僕はちっとも恐かないよ」と言ってるのかしら。それとも、「僕がここで暮らすようになったのは四年前だし、それに僕、昔話って好きじゃないんだよ」と言っているのか――。

灰色の猫に冴はお礼を述べた。

「ありがとう。あなたの威厳のある態度を視ていると、元気がでてくるわ」

『男嫌い』（新潮文庫）

猫の詩もたくさんある。私は詩はわからないので、見せられると、なんかいいみたい、とか言って逃げていた。

「流れ星」

猫は
明るい星
窓枠に　肘をつき
部屋のなかを　見守っている

目の中で
綾取りを繰り返す　姉妹

緑者たちにかこまれて
お婆さんはうわごとを言う
「うたたねしながら　死にたいわ」

その瞬間《とき》、星が流れた

現代詩文庫65『吉行理恵詩集』（思潮社）より

やはり、いいみたい、としか感想は言えない。立派な詩人のかたが、大変感心してくださっている文章などを読むと、詩人としての才能があるらしい。妹の死後、いくつかの雑誌が彼女の詩を特集してくださったから、その才能は認められていたのだろう。

本人が知ったら、どんなに力づけられたかと思うと残念だ。

妹との旅

五回の二人旅

妹とは海外旅行を五回した。妹、三十四歳、私、三十八歳のときが最初だった。当時、妹は自分の部屋に閉じ籠もり、いつ寝ているのかもわからないくらい、コツコツと書き物をしていた。

同じマンションに住んでいるから、たまに廊下で会う。ちょっとお辞儀をして通り過ぎる。私としては話しかけて創作の邪魔になってはと、遠慮しているのだ。ヘンな姉妹だった。

ある日、思い切って、「サンフランシスコに行かない？」と誘ってみた。私も妹も大好きだった女友達が、いつかサンフランシスコに行こう、と言ってくれていたのに、その二年前、急死してしまっていた。

妹も心が動いた様子だったので母に言うと、大賛成、猫の面倒はちゃんと見るからぜひぜひ行ってらっしゃいとの力強い勧めもあり、とうとう出発することになった。それがきっかけで一年に一回、五年間、理恵が四十歳になる前まで二人旅は続いた。終わったのは、やはり猫の問題が大きかった。いくら母が頑張って世話をしても猫はストレスが溜まったらしく、だんだん元気がなくなり、死んでしまった。もう旅行には行かない。悲しみの大きい妹は宣言した。

悪いことをしたかな、と悔やんでいたが、あとから妹の書いたものを読むと、「姉と海外旅行をした五年間がいちばん楽しい時間だった」とあり、ほっとした。

サンフランシスコの蟹

サンフランシスコに来たら、まずはケーブルカーに乗らなきゃ、と私達は空を見上げて歩いた。

私にまかせて、と言っておきながら、勉強嫌いの私はサンフランシスコの案内書も読まず、そのうえ言葉はまるで駄目。ケーブルカーは日本のように、山の上に登って行くイメージしかない。

なんか全然見かけないけど、お休みの日もあるのかしら、などと言いながらとりあえず道行く人に聞いてみた。親切な人に当たると、こちらの思いを察してくれる。そうでない人は、なに、このアジア人、という顔で行ってしまう。

やっとケーブルカーの出発場所がわかり、辿り着く。ケーブルカーは路面を走る電車であることを知る。高尾山などに行くケーブルカーとは違うのだ。上を向いて歩いたところで、見つかるはずはなかった。

そうか、そうか。いまはテレビ番組で海外の風景はよく見ることができるが、その頃はほとんどなかったのだ。

この旅のあと、妹は「蟹」という短編を書いた。猫のことばかり書いていると言われていた妹としては、めずらしい作品だ。

サンフランシスコに新婚旅行に来た夫婦の話で、夫の勝手な振る舞いに閉口する妻は、「イヤになる」と心のなかで何度も呟く。こんな男とこれから結婚生活を続けていくのかと思うと、心底イヤになるだろう、と納得させられる小説だ。

しかし、この夫の数々の行動こそ、私そのもの。やられた！　という感じ。

フィッシャーマンズ・ワーフで蟹を見て、こんな豪華なの日本じゃ一生食べる機会はないから、一匹ずつ買って、ホテルで食べましょう、宴会だ！　と騒いだ。私はちょっとほかにも寄って行くから持って帰っておいて、と二匹の蟹を預け、ケーブルカーに妹を乗せたまではいいが、冷凍してあった蟹は満員の熱気に溶け出し、周りの人達の目が険しくなる。

小説では妻はいたたまれずケーブルカーを降り、重い蟹を持ってホテルをめざして歩き出すが、その匂いが身体に染み付き出し、とうとう近くにあったゴミ箱にほうり込む。イヤになる、というのも無理はない。

実際には妹は頑張ってホテルまで持ち帰り、何も知らない私は、さあ宴会だ、と食べはじめたが、「なんか美味しくないわね、やっぱりポン酢がないとね」とか言い、妹も海辺で食べたらよかったのかしら、と浮かない顔だったのを思い出した。

このようにイヤ味の夫はことごとく妻を閉口させる。かなり笑える。小説家というものは、なかなかの曲者だと思った。

妹は「サンフランシスコの思い出」というエッセイでは、姉と行ったサンフランシスコは素晴らしかった。街には花が溢れ、風も花の香りがした。こんな気持ちのいい所で暮らしていれば、私も明るくなれそうだ、と書いている。これも本当の気持ちだろう。そうだよね。

老後は二人、スイスで暮らす

明るい性格になりたい

たいていは一週間しか休みが取れないので忙しい日程になっていたが、スイスの旅は二十日間だった。以前の失敗もあるので、スイス政府観光局に行き、一応の知識を得る。スイスは鉄道が発達しているから、一カ月のパスを買うといいですよ、どこにでも行けますし、と勧められ購入した。

飛行機の着くチューリッヒのホテルだけ予約をして、あとはその列車で気が向いた場所で降り、駅にある案内所でホテルを見つけるのがいいでしょう、との情報で、なんだかワクワクする。

手持ちのスーツケースだけにして動きやすくする。知っている名前の駅に停まると降りて一泊か二泊。クレー美術館のあるベルンも静かで美しい街だった。

妹はクレー美術館と植物園に入りびたっていたが、私はベルンのホテルを拠点にユングフラウヨッホまで行き、日本人グループを避けてアメリカ人グループのあとにつき、登って行った。登るといっても、乗りものが連れて行ってくれる。

頂上について五、六歩行ったところで、いままで体験したことのない気持ち悪さに襲われ、這うようにして戻り、運よく来た帰りの便に乗り、下まで戻った。高山病になりかかったらしい。無理に歩いたら気を失っていたかもしれない。ふらふらになってホテルに戻ったが、妹は心配性だから内緒にしておいた。

チャップリンが晩年の二十五年を過ごしたという、ヴヴェイの街には船で行った。レマン湖を行く船に乗ったところ、途中で乗客達がチャップリン、チャップリンと言っているのがわかった。そして大勢が降りていくので、あとをついて行った。

チャップリンが住んでいた家を見たり、公園でよく座っていたというベンチに座ってみたり、あの過激な作品を創り続けたチャップリンの静かな時間をほんの少し味わわせてもらった。

チャップリンが住んでいた家が改修され、二〇一六年、構想十五年を経て「チャップリン・ワールド」が完成した。行ってみたいわ、行きましょうね、と約束していたのに叶わなかった。

スイスの人達は優しくて静かで気持ちよかったわ、年を取ったらスイスで暮らしたいわね。おばあさん達はたいてい目の覚めるようなピンクや赤の洋服を着ている。私もこんな色の服を着られるくらい明るい性格になっていたいわ、と妹は言った。

時計の街、ラ・ショー・ド・フォンでは、街でいちばん安いのではないかと思う懐中時計を記念に買った。眠っているライオンが彫刻してある素敵なデザインだ。これは二人とも気に入ったので、お揃いにした。チェーンをバッグに付けて、うきうきと歩いた。

妹はしょっちゅう時計を見て、いま、雲（猫の名）は眠っているわ、まだ眠っている時間だわ、と旅先でも言っていた。

雲って寝てばかりじゃない、と言うと、猫は夢を見るのが好きなの、楽しい夢のときは、いつまでも目を覚ましたくないのよ。起きたときは赤ん坊に戻ったときみたいに幼い顔をしているのよ、とひとしきり猫についての話をした。猫のことを話すときだけ饒舌になる。

こんな詩も書いている。

「猫の一日」

眼をさます　と
ミルクを飲んだ
う・めえ……　と鳴いて
もう　眠ってしまった

そうですか、と言うしかない。

年を取ったらしたいこと

スペインも行った。マドリッドの街には、黒い洋服を着たお婆さんが一人でふらふら歩いていた。のどかな表情で、楽しそうだった。

すてきね、あんな年寄りになりたいわ、黒いのもいいわね、レースがあちこちに付いていて、デザインも変わっていて、優雅そのもの。老後は二人でマドリッドに住みたいわ、そしてスペイン中を旅したい、と妹は朗らかに語っていた。

帰国後にスペイン語のカセットテープを買い込み、勉強をはじめていたから、本気だったらしい。

二〇〇六（平成十八）年に六十六歳で亡くなる前、癌が進行し緩和ケアに入ってからの妹は、三十年近くも前のことなのによく旅のことを思い出しているみたいだった。

私結婚しているの？　していないわよ。お姉さんは結婚しているの？　してないわよ。よかった！　じゃまた旅行できるわね。

ダスティン・ホフマンが映画のなかで走っていたロスアンゼルスの道を走ったのよ、隣の男の人が一緒に走っているの。でもその人の顔はぜんぜん見えないの。結婚相手だと言うんだけど、顔は見えないの。早く走って一人になりたいのに、ずっと隣にいるの、イヤになる……。

ロスアンゼルスに行きたいわ、ディズニーランドで私達の後ろを付いて来たユーレイは可愛かったわね。あれならずっと一緒にいてもいいと思ったわ。

ディズニーランドで遊んだことを思い出しているようだ。ディズニーランドで私達は暗闇を走るカートに乗り、一回りして終わったとき、一人ひとりの背中のところにいろんな姿のユーレイがくっ付いていた。皆キャーキャーと怖がったり面白がった

人と関わることを好まなかった理恵。詩のなかには心情が吐露されている。

り、大変なにぎやかさだ。私達二人は自分に付いたユーレイを気に入って、よかった、静かな感じのユーレイね、これならずっと一緒にいてもいいわ、連れて帰りたい！と喜んだものだ。

私達、年を取ったら一緒に本を出したいわね、私は小説を書いて、お姉さんは挿絵を描いてね、と言っていた。

二人の老後をあれこれ考えてくれていたのに、先にいなくなってしまった。

青山のお墓に行くのは楽しい。青山という町は民藝の研究所があり、十八歳から毎日そこに通っていたせいか、懐かしい場所なのだ。兄は岡山の吉行家のお墓に入った。青山のお墓に理恵がいちばん先に入ってしまうとは思ってもみなかったのに、そこにいる妹に会いに行くと心が落ちつく。

遊べやと黄泉《よみ》に誘《いざな》う昼の月　　窓鳥

黄泉にいる妹と、私はたっぷり遊んで帰って来る。

六十六年を精いっぱい生きて

詩を書くことが生きている証

理恵は二十代のはじめに『青い部屋』というタイトルで詩集を自費出版した。長い間書きためていたものを一冊にまとめて詩集にすることが、生きている以上必要になったと言う。切羽つまった心境だったらしい。

その詩も三十歳ぐらいになると書けなくなり、三十代には小説を書き始め、詩と小説の中間のような『小さな貴婦人』と題した作品で芥川賞を受賞した。しかし、次々に作品を発表するというわけではなく、ぽつりぽつりと書いていた。

妹の作品は一応読んではいたが、いなくなってから読み返してみて驚いたことがある。三十代に書いた、『男嫌い』の主人公の老婆・冴は、六十六歳で死んでしまう。三十代の彼女にとって、六十六歳は、老婆に思えたのだろう。

妹・理恵は、六十六歳で死んでしまった。二〇〇六（平成十八）年、私が七十歳のときだ。

兄も私も病気ばかりしていたのに、妹は子どもの頃から元気いっぱいだった。小学校の休み時間、私は外にも出られず教室に一人残っていると、校庭でにぎやかな声がして、窓から覗くと、まるまると太った妹が友達を引き連れて走っていたなんてことがたびたびあった。

兄もエッセイのなかで「理恵は元気いっぱい、気も強く、十五歳も年が違うのに、本気で喧嘩して自分ながら大人気ないと苦笑した」と書いている。寝ている兄の枕元に妹がメモを置き、それには「病気ばかりしていたんじゃ、立派な小説家になんてなれないわよ、書く、書く、書く」、と大きな字で書いてあったりしたそうだ。

妹は大人になるにつれてすっかり性格が変わり、謙虚の見本のような人になってしまった。兄に対しても、兄妹だからという心やすさはまるでなく、小説家の先輩として尊敬を持って接していた。

兄が死んだ日、私は海外にいて病院に行けなかったが、母と妹が駆けつけた。妹は直立不動の姿勢のまま、兄に「ありがとうございました」と言うと、深く頭を下げたそうだ。

その妹が、突然甲状腺の癌の宣告を受けた。六十五歳の秋だった。

甲状腺の癌は優しい癌と言われ、治る可能性は高く、妹も手術をした段階では、もう大丈夫です、放射線の治療も必要ありません、と言われ安心していた。

それなのに二週間もたたないうちに転移がわかり、その癌が絶対治らない種類のものと判明した。

「よくて三カ月、もしくは、明日、あさって亡くなることもあります」と言われたときは、体中の血が流れ出していくような感じになった。

妹を失くす不安をノートに認めて

妹には、手術が成功した、とだけ伝えようと思った。風邪ぎみだから、もう少し入院して、ちゃんと治しましょうと言うと納得してくれた。

日がたつと、梅干しくらいの斑点が胸から腕にかけて出てきた。だんだん増えてくる。

何かしら？　何だろうね、と答えつつ、これがますます増えて、顔のあたりまでくるに違いないと悩んだ。

梅干しのようなものから血が出るので、病院から支給されるパジャマが汚れて悪いから何か買ってきてと頼まれ、ユニクロで地味なシャツを何枚か買って行くと、これはステキすぎるから帰ってから着るわ、と言う。まだ治るつもりでいるのだ、とほっとした。

パジャマは毎日洗濯しようということになり、私も手伝った。私はすべての仕事を断り、時間を作った。ちょうどその頃、母も骨折して別の病院に入院していたので、朝は母のところに行き、昼から妹のところに行った。それでも心配で、朝いちばんで病院に電話をして、生死を確かめてから行った。

本当はずっと病室にいたかったが、妹は、毎日来ないでよ、過保護みたいで変じゃない、と恥ずかしがっていた。

その毎日の、どうしようもない不安を書いていたノートが数冊ある。妹がいなくなるとわかってからの驚きと寂しさを、誰にも言えないから、ともかく字で書き残した。そうでもしないといたたまれなかった。

そのノートはいまもすぐ側に置いてある。もう十年以上たってしまった。でも読み返すことができない。

妹や母のことがあっても、私は一度も泣いていない。このノートを開いたとき、私は堰を切ったように泣き出すのかもしれない。

そんなことになったら、もういまの生活を保っていられないような気がする。私はかなり無理をして頑張って、頑張って日々を過ごしているのだから。

助かっているのは、仕事があったからだ。妹がいなくなってから、急にというくらい、それまでよりも映画やテレビの仕事が多くなり、どれも面白いものばかりだった。何かの役をいただくと、私はその人になり、現場に行って、楽しく過ごせた。そんな仕事が絶えることなく続き、毎日忙しく過ごせた。そして、いまも過ごさせていただいている。

自分の女優生活のなかで、この歳になるまで、仕事をしているなんて、考えられないことだった。私は恵まれていると、心から思える。

妹と過ごした最後の日々

父に愛された経験がない

「それでは緩和ケアに切り替えていいのですね」

主治医は何度も念を押した。

私は、「はい、お願いします」と答えた。

助からないのなら、少しでも苦しませたくなかった。その日から、理恵は人が変わったように明るくなった。子どもの頃の屈託ない心がよみがえってきた。

私達は他愛ない話をしては笑い合った。こんなトシをして、私達ってバカみたい、と言いながら、いつまでも話していた。

「詩が書けるような気がする」と言う。

「へえー、どんな詩？」

「お墓があってね、周りにきれいな花がいっぱい咲いているの。それをね、私とバル（猫の名）が上から見ているの」

「なんかいいみたい」

「もうすぐできるから家に帰ってから見てね」

「うん、楽しみだわ」

そんな話もした。

「私の部屋ってゴージャス、ゴージャス過ぎる、フフフ」と笑った。

私はドキッとした。実は妹が治って帰って来ると思っていたとき、本で埋もれていた部屋を片付けて、リフォームすることにした。カーテンの柄は妹が選んだ。

「お姉さんに任せると、どうしても派手目になるじゃない。いつだったか、いちばん地味なコートだと言って買って来てくれたけど、あれだって私には派手過ぎるのよ。一回着たけど、道を歩いていても、通り過ぎた人が似合わないもの着てる、って顔をしてたわ」

そんな会話もあった。

妹がもう家に帰れないとわかってからも、リフォームを途中で止めるわけにもいかず、そのまま続けていた。忙しくて他人にまかせっぱなしにしていたので、後から見に行って驚いた。大きな鏡が付いていて、周りに色の付いた豆電球が並んでいた。妹の病状を知った工務店の人たちは、どうせお姉さんが使うだろうからと、楽屋のような雰囲気にしようと、はり切ったということだ。

しかし、どうして妹はそれを知っていたのだろう。謎は解けないままだが、そういうことはあるのかもしれない。妹の魂が病室を抜け出して見に行ったのか。

父が死んだとき、私のところに訪ねて来たみたいに、妹のなかにも父と繫がった神経があったのかもしれない。

理恵は一歳のときに死んだ父をまるで知らない。病室で最後の頃、「お姉さんはエイスケに愛されたから、そんなに明るい性格になれたのね」と、突然言った。

そのとき、安心して愛された経験を持つことができなかった妹が、たまらなくかわいそうに思えた。確かに肉親の愛は他の誰よりも、安心して受け入れることができる、と私ははじめて気が付いた。

私は四歳だったけれど、疑うことなく父の愛を感じていたと思う。叱られて押し入れに放り込まれたときだって、楽しかった。

妹に告げた決心

薬が強くなって眠っている時間が多くなった頃、私は妹に言った。

「お姉ちゃん舞台やめるね。やっぱり大変過ぎた、無理し過ぎた。何が何でも続けてみせる、と勝手に頑張ってここまでやってきたけれど、ホント、無謀だった。才能だって、体力だって舞台に応じるだけのものを持っていないくせに、気力だけで乗り切ってきた。ずいぶん心配してくれたものね、もう大丈夫、安心してね」

頷きもしない妹に話しかけて、話しながら決心がついたことを感じた。私は舞台女優として人生を全うするのだ、と他人にも自分にも言っていたのに、そのとき、正直な気持ちを探り当てることができたのだ。

最期の日、妹は何度か目を開けて私を見た。大丈夫、ここにいるからね、と私は応えた。子どもの頃から私達姉妹は、お互いを頼りにして生きてきたな、と思った。

しばらくして、妹は静かに息を引きとった。

実際に舞台を去ったのは、それから四年後、二〇一〇（平成二十二）年だった。

長い間一緒に舞台を創ってきた演出家の大間知靖子さんが見つけてきてくれた、「アプサンス～ある不在～」という戯曲にたどりついた。

周りに同情されながら、またはハラハラさせながら舞台をやるのは嫌だ。「アプサンス～ある不在～」という作品があることは知っていたので、「いいタイトルね、これで私も不在になるわ」と決めた。

この戯曲の翻訳と演出もした大間知さんが、「まだまだ大丈夫なのに」と驚いてくれたのが嬉しかった。まだ大丈夫だと思われているうちにやめる、これが理想だった。こうして二〇〇八年に初演の幕を開け、再演も終えた二年後、機嫌よく幕を閉じた。

姉と妹、遊びはいつも一緒だった

子どもの頃読んだお話のなかで、スサノオノミコトはなんだかステキな人に思えて、そのくだりはドキドキした。阿呆な神様がいて、名前は忘れたがこの神のことはずっと憎んでいた。あいつさえいなければ、と悔まれた。

その神は黄泉《よみ》の国へ遊びに行き、帰るとき、決して振り返ってはいけない、もし振り返ったら大きな石が落ちてきて道を塞ぎ、再び行ったり来たりできなくなるから、と強く言われていたのに、ちょっと見たくなり振り返ってしまう。そして大きな石が降ってきて道は塞がれてしまう。

もう黄泉の国へは行くことができない。行ったら再び戻っては来られないという、今日まで続くシステムができてしまったのだ。

子どもの私はそのことを考えては死を恐れ、母が死んだらどうしようと、メソメソ泣いていた。

美容室で使わなくなった鏡がしまってあったのでそれを持ち出し、畳の部屋に敷く。すると天井が映る。そこは天上だ。その鏡を覗き込んで、私と妹はそこに映った自分達の顔を見ながら、カミサマの誰かに扮して科白を言い合った。

スサノオノミコトは人気者で二人とも演りたがり、代わりばんこに受け持った。

あのときの、時間を忘れる楽しさを思い出すと、妹のことを不思議に思う。彼女は四歳くらいだったのだろうか。私は八歳。四歳違いは子どものときはその差が大きい。それなのに、いつも妹と私は一緒の遊びをしていた。

学校を休んでばかりいた私は紙の人形を作り、学校で友達になりたいと思っている人達をお人形にして、一人で遊んでいた。その遊びにも加わってくれるようになった。

妹は元気いっぱいだったので外で遊び、近所の子どもたちの大将になり、子分を引き連れてあばれていた。

家にあった大きなビオフェルミン（整腸薬）の瓶を持ち出し、おやつとして配り、手なずけていた。当時、甘いものに飢えていた子どもたちにとっては、ビオフェルミンの甘い錠剤がなによりの魅力だった。

「また理恵よ」と母は笑っていた。どうもすぐなくなると思ったら、犯人は理恵だったのよと、私に言いつけたりした。

そんなに外で遊ぶのが好きなのに、何時間か遊ぶと部屋に戻り、待っていた私の相手をしてくれる。妹がマセていたのか、私が幼稚だったのか、四歳の差は全く感じず、二人でいつも遊んでいた。

七五三。理恵3歳、和子7歳。

妹が内向的になった理由《わけ》

母の再婚で妹は変わった

妹がいなくなって困ったことの一つに、妹に似てきてしまった、というのがある。細かいことに悩んで自己嫌悪に陥っている彼女に、バカみたい、そんなこと撥《は》ね飛ばさなくては生きていけないわよ、私なんて、それくらいのことへっちゃらよ、山ほどあるんだからこの世には！　と叱咤激励していたのに、いまの私は、妹の何分の一かではあるが、どうも感染してきている、と感じる。

妹がそばにいる間は、そんな感覚は妹にまかせておいて、図太くやっていこう、とこの世界に何十年も居続けてきた。それなのに、あれっ、どうも妹の神経になっていると、感じることが多くなった。

子どもの頃は元気いっぱいの妹と、病気ばかりしている内気な姉、だった私達は途中から入れ替わってしまっていた。妹は引きこもりで、私は何が起きてもメゲずに元気いっぱいで乗り切る、だった。

母の再婚が、妹の性格を変えたのは確かだ。一九四九（昭和二十四）年、母が四十二歳のときだ。母も晩年、理恵があんなになったのは、私のせいかしらと言った。そうに決まっている、と思ったが、それでは母が気の毒なので、それはないんじゃない、とは答えておいた。しかし、はっきりとしている。母の再婚のせいだ。

ある日、学校を長く休んで岡山の叔父の家で療養していた私を訪ねて、兄夫婦がやって来た。

母が再婚したことを知らせ、「どうする、東京に帰るか」と言う。兄の奥さんは、「お兄ちゃんがしょっちゅう岡山に来るから、ここにいたほうがいいんじゃない」と言う。叔父も、「それがええ、うちの子になれや」と言う。

十四歳の私は、ちょっと考える、と言って、すぐ近くにある父のお墓に行き、しばらく座っていた。そして、やはり母のところに帰ろうと決心した。

母と同じ年の義父は上品でハンサムで、優しくていい人だった。でも、その生活の変化は、十歳の妹には、ショックが大き過ぎたらしい。学校でも、すっかり変わってしまったそうだ。

　そうして東京に戻ったが、新しい生活は、私にとってはそれほど変化はなかった。喘息の発作のほうが比重が大きく、あまり考えている余裕がなかったことが原因だ。

　義父は妹より一歳上の娘を連れて来ていた。小さい子どものいる人の再婚はとても難しいから、どなたか探してください、と懇意にしていたお客さまから頼まれていたが、一年たっても見つからない。すると、お客さまが、あなたに再婚していただけたらどんなにいいでしょう、とおっしゃった。母に言わせると、娘を二人育てるのも、三人育てるのも変わりないとお受けしたのよ、ということだ。

　義妹も優しい子で、よく懐き、私と妹が熱狂的に遊んでいた紙人形ごっこにも加わって一緒に遊んでくれた。寝てばかりいる私のことも気遣って、背中をさすってくれたりした。義父も、私が病院に行くときは、いつも付いて来てくれた。

　ある夏の夜、三人が一緒に寝ていた部屋に入って来た義父は、掛け布団を剝いで寝ていた娘達の、自分の娘のほうにだけ布団をかけて出て行った。暑苦しくて寝付けなかった私は、それを見ていた。悲しくはなかったが驚いた。そういうものか、と事実を知った。

このことは、誰も知らないまま、私のなかにだけ、鮮明に残っていた。

義妹は早く結婚したいと思ったらしく、お見合いをして堅気の会社員とめでたく結婚した。私たち姉妹はといえば、理恵はすっかり内向的になり、閉じこもって詩を書きはじめた。私は劇団という世界を見つけた。

これは母が再婚し、それぞれのなかに自分の居場所を探すしかなかった私たちへの「賜《たまもの》」だろう。

「アプサンス～ある不在～」を最後に舞台をやめた。まだ大丈夫と思われているうちにやめる。これが理想だった。山本郁子さん（左）、加藤美津子さん（右）と。

第五章

人生の残り時間を楽しむ

強い生命線が二本も！

母に似てきた！

元旦に占いに行くのが、この数十年間の決まりごとになっている。友人三人と私、メンバーは変わらない。最初の頃は母もついて来ていた。母は占いに全く興味を示さず、私達が占ってもらうために順番待ちをしている間、会場のあるホテルの庭を散歩していた。

一緒に行く友人のなかでいちばん年の若い男性が母について行ってくれる。彼の番がくるまで、庭のあちこちを見て廻るのが、母の元旦の楽しみになっていた。

寒いからいい加減にしなさいよと言うと、私は暑がりなの、ぜんぜん寒くない、だってほら背中に汗をかいているでしょう、と見せる。確かにセーターを通して汗ばんでいるのがわかる。

背中だけ汗をかくのよ、どうしてかしらわからないけどヘンね、という会話を思い出す。ところが近年、私も背中に汗をかくようになったのだ。ちょっと歩くと背中だけ汗が出る。

ここ何年か、母に似ていると感じることはいくつかあった。テレビに映っている私のなかに、あぐりかと思うような顔を見つけることもあった。年と共に歩き方とか話し方とか、似るのはしかたないとして、背中の汗には驚いた。

私達が見てもらう占い師は人気があり、同じ部屋に四人いるのに、そのかたに集中する。だから早めに行ってもすでに何人もの人が順番待ちをしている。

先日もそうだった。ただ待っているのも、と思い、隣の手相を見てくださるかたのところに行ってみた。

手相は遊びで見てもらい、素人の人に何だかんだと言われたり、香港で名人と言われるかたが見て、こんな強情な人は見たことがないと言われたこともある。

私くらい広い心を持っている女優はいないと自分では思っていたが、ぎっちぎちに狭いらしい。自分の思いを無理やりにでも通さなくては気が済まない、と言うのだ。それはないけれど、そう言われると、舞台を演っていた頃は、そんなこともあったのかもしれないと、反省した。

介護のストレスか

今回まず言われたことは、生命線の強さ、しかも二本もある。このところいくつか病気をなさいましたね。でも、この生命線があるので、抜け出しています。三年前大きい病気をなさいましたね。あとはそれほどでもないのをいくつか。でも治ります。何しろ生命線が……と強調なさる。

三年前といえば、母の死んだ年だ。その後、私はほっとしたのか、どっと体調を崩してしまった。私は相当ストレスには強いのだが、今回ばかりは参っていた。なんせ十年近くだ。しかも自宅介護だったから、実際私がやったことなどは微々たるものだが、いつもいつも頭のなかは部屋で寝ている母のことでいっぱいだった。

母は亡くなる十年前、九十八歳のときに転んで骨を折ったのがきっかけで結局寝たきりになってしまった。

一回目の骨折は、節約家の母が電気をつけたくなくて、いつものことだからとトイレに行き、つまずいて転んでしまった。真夜中の出来事だった。たいへんなパワーでリハビリに励み、周りが驚くなか、病院から歩いて帰ってきた。

103歳の誕生日を祝う。ベッドの上で過す日々だったが、介護の人には恵まれた。

自信をつけた母は、部屋に置いてあったポータブルトイレが気に入らなくて、自分で持ち上げ廊下に出そうとした。しかし、その重さで再び骨折。また治って帰ってくるや、掛布団を換えようとして押し入れに首を突っ込んだまま倒れ、また骨折。なぜ言ってくれないのよ！　と私は怒ったが、何でも自分でやらなくては気のすまない性格なのだ。「自業自得」とつぶやいていた。

転ぶ前の出来事だが、ある日母の部屋に行くと、様子が変わっている。箪笥の位置が違っているのだ。

どうしたのと聞くと、けさの新聞に「家具の動かし方」というのがあって、下に紙を敷いて引っぱるといい、と書いてあったから、やってみたのよ、なかなか快適だったわ、どう、部屋が新鮮になったでしょう、と自慢した。

呆れるしかない。

骨折後もその自信がよみがえり、過信したに違いない。

骨折による入院だったが、入院中に肺炎になったり、なぜか結核の疑いも出て、病棟を替わらなければならなくなったり、いくつかの問題はあったものの、しばらくしてもう病院で治す病状は見つかりませんから退院してくださいと言われた。

退院前の面談で、いったんお宅に戻られると、また施設に引っ越すというのは、ご本人の心を痛めると思います。ご紹介しますから、病院から直接そちらに移られては、と言われた。

ところが、その話を聞いていたわけでもないのに、母は突然「おうちに帰りたい」と叫んだ。びっくりした。まず「おうち」などという言葉が母から出るなんて。

私はドキッとして、ともかく自宅に戻ることにした。

その後、百歳までの二年は入退院の繰り返し。だが、最後の七年は自宅で過ごした。自分の家で過ごすことができ、満足だったと思う。

さて、これから何をしよう

十年パスポート

芸能人のくせにゴルフもマージャンもカラオケもしない、芝居ばかりしていて、何の趣味もなかった私が句会に参加したのは、二十年以上も前のことになる。

まさか俳句を好きになるとは思えなかったので、その場かぎりのふざけた俳号、窓鳥という名にした。

ところが面白くなって、いまも続いている。なにが面白いかというと、宿題に季語が出て、それを入れて五・七・五と十七文字にする、その制約に緊張感があり、挑戦してみたくなった。

この思いを十七文字にまとめよって、無理でしょう、となるのだが、じゃ、やってみよう、と自虐的な気持ちになり、なんとかでっちあげて、それが句会で点が入ったりすると、ちょっとした昂奮状態になり、クセになる。

その繰り返しで続いている。でも勉強しないから、いつも土壇場まで引っ張っていき、なんとか乗り切っている。

そのはらはら状態が結構好きだったのに、ここに来て、芭蕉についての勉強をしなくてはいけない事態が起きてしまった。どうして今更、なのだが成り行きで仕方ない。これも試練だ。この苦行もだんだん役に立つだろうと、取りかかったが、ふと、だんだんって、いつまで生きるつもりだ、と疑問が湧く。

そんなことを思いながら、先日十年のパスポートを申請に行った。

ふとパスポートの日付を見て、あと数カ月で切れてしまうことに気が付き、急いで取りに行こうとして、次の瞬間「十年か……ムリ」と現状を考えた。けれどもまた、そんな弱気でどうする、私の最後の夢は、船で世界一周することではなかったのか、そのためには、パスポートは必要だ、と思い直した。

「永遠《とわ》の語らい」という、マノエル・ド・オリヴェイラ監督の映画を観てから、未来の夢が生まれた。二〇〇三年にフランスで公開された作品だから、私が観たのはいつのことか定かではないが、日本で上映されてすぐ観に行ったことは確かだ。

9・11の同時多発テロがニューヨークの高層ビルを破壊した事件は世界中を驚愕させた。その後、テロを扱った映画もたくさん作られた。しかし、この「永遠の語らい」にはテロの話はなにひとつ出てこない。

七歳の娘を連れた歴史学者の母親が、リスボンからボンベイにいる夫に会いに客船に乗り込む。船長はジョン・マルコヴィッチ。私はマルコヴィッチの大ファンなので、こんな船長のいる船で時を過ごせたらどんなに楽しいだろうと思った。英語も喋れないけれど、「グッドモーニング」なんて、挨拶ぐらいしてもらえるだろう。

この映画にはカトリーヌ・ドヌーヴ、イレーネ・パパス、ステファニア・サンドレッリなど、フランス、ギリシャ、イタリアの有名女優がそれぞれの役に扮して出演している。女性達はアメリカ人の船長を囲み、自国語で話し合っている。通訳などいなくても、みんな他国の言葉が理解できる、ハイブロウな人達。

そこのところは無視することにして、港々で停まる町の風景を楽しむ。七歳の女の子にとってははじめての経験。町の説明をする母親の話を、私もその娘と同じレベルで学んでいく。

テロの話はひとつも出てはこないのだが、ラストシーンの、マルコヴィッチの大きなアップで、この世界のとんでもない出来事を、一瞬のうちに伝えるオリヴェイラの凄さ、公開当時九十五歳のポルトガルの巨匠の痛烈な文明批判が表明されている。見事だ。

それ以来の船で世界一周の夢。そのためのパスポート。

残り時間は少ない

気分はすぐに変わる。パスポートを申請した翌日には、ケアハウスに住んでいる友人からパンフレットを送ってもらった。学生時代の友人が、一人暮らしの私を心配してわざわざ見学に行き、「ここは最高」と推薦してくれたのだ。

要するに私は焦っている。残り時間は少ない。私がこれからどう過ごすかを私自身で考えてやらなくてはならないからだ。

コーヒーに少しの未来冬木立　　窓鳥

これは以前詠んだ句。NHK「ラジオ深夜便」で「最近つくった俳句を一句」と言われ、この句を言ったところ思いがけなく好評で、共感する、とお便りをたくさんいただいて、びっくりした。

この句は、句会で出したときはほとんど点が入らなかったのに、「深夜便」を聴いてくださるかたの年齢にフィットしたのだろうか。

待ち合わせをした喫茶店でコーヒーを飲んでいて、なかなか現われない友人はまだかと窓の外を見たら、寒そうななかに冬の木が並んでいた。暖かい部屋と寒い外、と感じたときに、〝少しの未来〟という言葉が浮かんだ。

いままで「どれだけ面白がってやれるか」だけを考えて、その感覚だけで夢中でやってきたけれど、ほんとうに未来は少ない。

女友達とインドへ、そしてスペインへ

岸田今日子さんに誘われて

岸田今日子さんと一九八五（昭和六十）年にはじめてインド旅行をした。

ある日、岸田さんから電話がかかってきた。はじめてのことだ。その二、三カ月前に舞台を一緒にやった。劇団に入る前からあこがれていた岸田今日子さんだ。嬉しかった。清水邦夫さんの戯曲で、ヘンな姉妹の役だった。

お互いにあまり自分から話すということをしない性格のせいか、ほとんど日常会話はしないまま、舞台では面白く、息が合ってる、という感じを持っていた。でも電話をいただくほどではない。開口一番「人生観を変えてみたいと思いませんか」と言われた。

私は、「変えてみたいです」と答え、「じゃ、インドに行きましょう」となり、インド旅行が実現した。

それほど親しくもない私を誘ってくれるなんて、と大感激したのだが、あとで聞くと、親しい友人達にことごとく断わられたのよ、とのこと。ちょっとガクッ。でも楽しかったからいいのだ。

小沢昭一さんなどは一度行ったが、デリーの空港からそのまま外へ出ず、帰って来てしまったそうだ。「友人として、あなたの首を絞めてでも阻止したい、と喚《わめ》いたわ」とのことだ。

インターネットもない時代、インドについて詳しい人に話を聞きましょうと、今日子さんの学生時代の同級生という山際素男《もとお》さんにお目にかかる。山際さんは、インドのカースト問題についての著書もたくさんあるインドに詳しいかただ。私達のあまりの無知さに呆れ、心配になり、結局同行してくださることになった。これでもう安心。

山際さんは後日、私達の珍道中を『脳みそカレー味』という本になさった。このタイトルは一緒に行った今日子さんのお嬢さん、まゆちゃんが何を食べてもカレー味で、もう脳みそがカレー味になっています、と悲鳴を上げたので大いに受けたところからの命名。

まゆちゃんは高校二年生。旅が終わったとき、「楽しい旅でしたが、今度はもう少

「人生観を変えてみたいと思いませんか」という誘い文句で、岸田今日子さんとインドへ。普通には味わえない日々を楽しんだ。

し普通のところにお願いします」と言い、可笑《おか》しかった。ほんと、フツーじゃなかった。

動物達と肩触れ合って過ごした珍道中

遺跡の数々、変わった人達、はじめての体験、たくさんあったが、いま心に残っている思い出は、動物たちと一緒に過ごしたという、普通は味わえない時間だ。動物園に行かなくては見られない彼らと肩を触れ合っていた、という懐かしい感じだ。

ニューデリーにあるいちばんにぎやかなショッピング街に行ったとき、すぐ隣を牛が歩いていた。のんびりと一頭ずつ。

現在はだいぶ変化しているとは思うが、その頃は小さい店がずらりと並び、どれも買い占めたくなるような奇麗な面白い小物がたくさんあった。

まず、ゴム草履を買う。キラキラの鼻緒だ。真っ赤なベストとロングスカートを買う。その場で着替える。一面に大小の鏡が縫い付けてある。これもキラキラ。隣を歩いている牛は、赤いスカートにも反応を示さない。闘牛の牛とは趣味が違うらしい。

このスカートは、グジャラート地方の貧しい部族の服で、牛の乳しぼりをする女性

インドの旅でいまも心に残っているのは、動物たちと一緒に過ごした体験。
牛がすぐ隣を歩いていた！

が着るものだそうだ。最近ではそれが少しファッショナブルに変えられ、街で売られている。もっとハイカーストの女性の普段着かと思っていたので、ちょっと意外。こんなのを着て牛の乳をしぼっているというのもステキだな、と気に入って着て歩いた。

東京に戻りクリーニングに出したところ、わが家がお願いしている素朴なクリーニング屋さんの青年は、鏡がガチャガチャに割れてしまったスカートを申し訳なさそうに差し出した。当時はまだ変わったものを扱いなれていなかったのだ。

その青年もいまではどっしりとした中年になり、どんな素材のものでもキチンと洗ってくれる。次々に現われる変わった布に追い付くのが大変だと言っていた。ラメも最初の頃は全部消えてしまい、無地のブラウスをうなだれて持って来たこともある。もっと大手のクリーニング屋さんに頼めばなんでもないのだろうけれど、私は、この正直者のクリーニング屋さんが気に入っていて、彼の成長を見守りながら、ずっと何十年もお願いしている。

細い階段を上って行くと、孔雀の一団が下りてきた。大家族だ。なぜかそのあとを、家来のように山羊が四匹続いている。孔雀が首を長く伸ばすと、山羊も短い首を伸ばして遠くを見ている。隣で場所を譲って遠慮している私達のことなど無視しているのがちょっとシャクだが、どうも、この国では、人間は彼らの下にいるらしい。

一家の長らしき孔雀が一羽、大きく羽を広げると、山羊は羽もないくせに体をくねらせた。空港からホテルに行く道で会った駱駝《らくだ》達は、鞍に寝ている飼い主を乗せて、ゆうゆうと歩いていた。

早朝、大きな荷を載せてどこかに行き、それを下ろすと帰路に就く。帰る場所は駱駝がわかっているのだな、と感心した。

秋の陽をまぶたに乗せて駱駝行く　窓鳥

駱駝はかなり上を向いて歩いている。よく見ると、瞼が大きく目の上にあり、普通にしていると、前が見えないらしい。駱駝は瞼が異様に分厚いということを知る。

性格の不一致が功を奏して

岸田今日子、冨士眞奈美両嬢との三人旅は、いくつかの思い出を残してくれた。

インド旅行がうまく行った私達は、今度は冨士眞奈美を誘いましょう、ということになった。

今日子さんと眞奈美さんは十代からの親友なのだ。眞奈美嬢は若い頃からスターだったので、当時はファーストクラスで海外の旅も経験している。いまさら飛行機に乗るなんて死んでも嫌、と断ってきた。

なに言ってるの、もう先が長いわけでもないんだから、と私達は脅かし、彼女の長年の友人がマドリッドで日本料理店を繁盛させているのをいいことに、絶対行くべきよ、と連れ出した。そして、一人ずつ、自分の行きたいところを決めて、三カ所のスペイン旅行が決まった。

今日子さんはマジョルカ島、お父様の岸田國《くに》士《お》氏が使っていらしたインク壺がマジョルカ島産のものだというのを覚えていて、ぜひ見付けたい、とのこと。今日子さんのお父様は、現在でも、演劇界の芥川賞と言われている、劇作家に与えられる岸田國士戯曲賞というのがあるくらいの著名なかただ。

私はガウディの作品のあるバルセロナにした。以前から憧れていて、大きな写真集も持っている。いつか本物が見たいと思っていた。眞奈美さんは、私達に強制的に決められてしまったマドリッド。

女三人旅、こんなややこしい女達が旅先でどうなるか、と本人達も周りも心配して

富士眞奈美さん、岸田今日子さんとさまざまなところへ行き、最初はバカンスだったのがテレビ番組にもなった。

くれていたのに、これが大成功。あまりに違うことが多く、なんなの、信じられない、の連続が興味につながり、この性格の不一致のおかげで上手くいったわけだ。

この三人旅は、その後も何回か続いた。最初はバカンスで行ったのがテレビ番組にもなり、ますますヒートアップしてきた。オーストラリアや、上海にも行った。

芭蕉は言っている。家にいては作品は生まれません、旅に出てこそ俳句は生きたものになるのです、と。そこで私達は旅の間にいくつか俳句を詠んでみた。

あわただしかった台湾旅行では、旅の目玉の日月潭《リーユエタン》には電車に乗り遅れて夜中の到着になってしまった。日月潭の見どころは、美しい湖に月と太陽が両方映っているところ。その神秘を目の当たりにできるはずだったのに、なんにも見えず、ただ黒い湖だけ。

湖に浮かぶ日もなし月もなし　　窓鳥

立派な門構えの茶藝館に行く。日本の茶道と同じように台湾には茶藝と呼ばれる茶道があるという。池では鯉がまるで芸を仕込まれているかのように、私達の歩くテンポに合わせて飛び跳ね、くるりと回ってくれる。

個性の強い女の3人旅を心配してくれる人もいたが、
性格の不一致、興味を持つところが異なるので大成功。

長い廊下を渡り個室に通される。個室といっても仕切りはなく、他の部屋もまる見えだ。三畳くらいの場所に大きな机があり、お茶の道具が一式出ているだけ。三人分にしては、なんだかごちゃごちゃとたくさんものが並んでいる。

私達が当惑しているのを察して、隣の人達がやって来て、淹れ方を伝授してくれた。まず、急須の上からお湯をジャーッとかける。二つの湯呑みを重ねてひっくり返す、あといろいろ。終わったとたんに忘れてしまったので、ここに書き記すことはできない。

そこで一句。

ややこしき作法のありて新茶のむ　　窓鳥

まあこんな具合に出たとこ勝負で五・七・五とやってみたが、芭蕉の言葉を知り、大いに恥じる。芭蕉は言う、骨髄より脂を出して俳諧せよ、と。

スミマセン、素人なので、と謝るしかない。

楽しい時間はまだ残っている

覚悟さえ持っていれば……

先日、信頼している若い女性監督に、こう言われた。

「最後まで仕事してください、その姿を画面のなかで見せてくださいね」

えっー、ムリ、もうボロボロと言う私に追いうちをかけて、

「覚悟ですよ、覚悟さえ持っていれば、大丈夫」

私は身体がピン、と伸びた。そうか「覚悟」か。その言葉は強い一本のワラのように私の目の前に降りてきた。このワラにつかまってやって行くんだ、と決意させる力強い言葉として響いた。

仕事をしているときがいちばん楽しい。役に扮して過ごしているときがいちばん心

地いい。ずっとそれで過ごしてきた私にとって、その時間ももう終わりになるな、と弱気になっていたが、老いることも覚悟を持っていればもう少しやれるかもしれない。楽しい時間はまだ残っているかもしれない。

一人になって、今更「家族」について考えても無駄なのだが、幸い私にはフィクションの世界が待っていてくれる。

山田洋次監督の「家族はつらいよ」という映画に大家族の祖母役で出演してきた。好評のため、パート3まで続いている。

というわけで、この数年間、八人の家族と孫二人と過ごしている。子どもたちはすぐ大きくなるから配役は変わってしまうが、大人の一家は同じだ。

橋爪功、西村まさ彦、夏川結衣、中嶋朋子、林家正蔵、妻夫木聡、蒼井優さん達だ。みんなマイペースで、現場はすっきりしていて気分がいい。

余計な気を遣わなくていいのは有難い。同業者というのはなかなか難しいものなのだ。私のように気を遣わないタチの者でも疲れる。しかしこのメンバーの人達は不思議と心地よく、愛がゆきかっている。

家は二階建で、階段を上ると私達夫婦と孫たちの部屋がある。部屋の隅々まで完璧に飾ってある。

山田組のスタッフのかたがたは長年一緒に作品を創っているので、その細やかなところくばりは見事だ。

セットに入ると、もうそこの住人という気持ちになれる。定年後、夫（橋爪功）はゴルフ三昧《ざんまい》、そして行きつけの酒場には色っぽいママさんがいて、そこで過ごすのがなによりの楽しみだ。

役柄に「私」が反映されている

祖母の私は三人の子どもが独立してからは、「自分の時間を生きる」と宣言して、カルチャーセンターに通い、小説を書いている。愛読書は夏目漱石の『こころ』。カルチャーセンターの友人達と、オーロラを見るために海外旅行もしてしまう。富子（私の役名）には小説家の弟がいて、もう死んでしまっているのだが、かなりの売れっ子だったらしく、いまでも印税が富子のところに入ってくるので、おこづかいには困らない。

特上のうな重をみんなで食べようかとなり、でも高過ぎるから並にしようと相談していると、「そんなケチなことしないで、私が奢《おご》りますよ」と言い、みんなを驚かす。

「ど、どこにそんな通帳隠してんだ」と言う夫に、「アナタは古いのね、これよ」、と携帯を取り出し、「指紋認証」をやってみせる、唖然とする夫。印税というものは、どれくらいかわからないが、かなり入ってくるものなのか。淳之介の印税は私達のところには入らないので、想像がつかない。

この富子さんのマイペースぶりは、パート3ではどんどんエスカレートしてきている。山田監督は出演者たちを観察なさっていて、それとなく特徴を役のなかに放りこまれている。どうも日頃の勝手さを見破られているらしい。

今回は夫の故郷、瀬戸内海にある広島県の大崎上島《おおさきかみじま》というところに、お墓参りに行く。夫婦二人きりだ。

「私はここのお墓には入りたくないの。先祖代々なんていうけど、私の知らない人ばかりでしょう。死んだあとくらい自由になりたいわよ」と言い出し、夫を慌てさせる。

私の私生活とは状況が違うけれど、もし私が富子なら言いそうだ。共感できる。

夫の故郷となっている大崎上島は、山田監督の二〇一三（平成二十五）年の作品「東京家族」では主人公の夫婦が住んでいる島だ。この島から出て東京にいる子ども達に会いに来る、という話になっている。

山田洋次監督と奇跡の出会い

最後の親孝行

はじめて山田洋次監督にお目にかかったのは、二〇一二（平成二十四）年だった。この年をもって、私の女優生活は何度目かの大きな変化を迎える。こんなに長く続くとは想像もできなかった女優生活は、こうして何度か息を吹き返しながら続いてきていた。

こんなことが起きるなんて、奇跡だ。遠い遠いところにいらした山田洋次監督の作品世界に私が入れるなんて、あ～長くやっていてよかった。母に報告すると、もう寝たきりになっていた母は、ベッドの上で両手を上げてガッツポーズを作った。よほど嬉しかったのだ。

最後の親孝行ができてよかった。「東京家族」の台本のはじめに、監督の言葉が記されている。

「この作品を小津安二郎監督に捧げる」と書いてあり、「東京物語」へのオマージュとして製作される旨が記されている。

その言葉は、次のようなものだ。

『東京家族』製作にあたって

２０１１年４月１日クランクインを目指していたこの作品は、準備の段階で３・１１の東日本大震災、それに引き続き福島原発メルトダウンという歴史的な事件に遭遇し、製作を延期することにしました。３・１１以後の東京を、或はこの国を描くためには、どうしてもそれが必要だと考えたのです。

あれから一ケ月。新たに書き直した脚本でクランクインを迎えます。これは、２０１２年５月の東京の物語です。

長く続いた不況に重ねて大きな災害を経験し、新たな活路も見いだせないまま苦悩する今日の日本の観客が、大きな共感の笑いと涙で迎えてくれるような作品にしたいと、心から願いつつ撮影を開始したいと思います。

２０１２年３月　山田洋次

山田洋次監督と出会えた2012年は、女優生活の中でも大きな節目になった。夫婦役で共演の橋爪功さんと。

山田監督は「こわい」と以前から聞かされていた。いろいろなエピソードが伝わっていたし、インタビュー記事や、ご自身の著書などを読むと身が縮む思いがした。蒼井優さん以外は山田組に全員初参加、みんなそれなりに緊張している。橋爪さんが「ぼくと吉行さんは劇団育ちですからどんなに怒られても大丈夫です。どしどしおっしゃってください」とまず挨拶。監督は、「アッハッハ」とほがらかに笑われた。やっぱりコワイ。

思えば出る

柔らかくて静かで、ゆったりしていて、それでいて緊張の張りつめた現場が待っていた。すべてが怖かったが、委縮した気持ちにはならなかった。どちらかといえば、いい気分。どうとでもしてください、と落ち着いた気持ちでいられた。

不思議な幸福感を感じながらの撮影がはじまっていた。一本の映画に四カ月近くかかったのも、はじめての経験だった。メジャーの作品に出るのもはじめてだったので、何もかも新鮮な驚きだった。スタッフの人数の多さにもびっくり。そしてみんな親切で、恐縮してしまうくらいだった。

撮影中、山田監督はじっと見ておられる。ちょっとでもわざとらしい演技は見逃さない。心のなかから自然に出てくる言葉にしてくださいね、とおっしゃる。

顔の表情や、動きで演技をしないでください。自然に動くのはわかります。自然に出る表情はわかります。そこは充分思い切ってやってください。心とつながっていれば、大丈夫です。

しかし、ここが難しい。自分ではよくわからない。

でもビビらないで演《や》ってみて、間違っていれば必ず指摘してくださることを信じるしかない。心とつながっていれば……。

女優をはじめた頃の宇野重吉さんの言葉を思い出す。あれこれやるな、その役の心を深く深く考えていれば、自然に出てくるんだ。「思えば出る」だと、何度も言われた。遠い国から、宇野さんの笑顔が見えてくる。「ほらオレの言った通りだろ」と自慢しているようだ。

仕事がいちばん！

演ずる喜び

七十七歳になったとき、七十七歳の女性の婚活を描いた「燦燦《さんさん》」という映画の話をいただいた。「東京家族」の撮影が終わってすぐだった。

監督は、当時三十二歳の外山文治《そとやまぶんじ》さん。短編映画、「此《こ》の岸のこと」という、老いた夫婦の生活を描いた、ひとことも科白《せりふ》のない作品が海外の映画祭でグランプリを獲り、その後書いた「燦燦」のシナリオがまた賞を獲り、それでは監督も、ということになり、長編映画第一作として撮影されることになった。

山田組の撮影とはなにもかも違う。四カ月かけて撮影した「東京家族」のあとに、一本の映画を十日間で撮ってしまう、というスケジュール。みんな走っているような状態。しかしスタッフ全員若さが充満していて、私もそのなかで走らざるを得ない。

あのときの元気な自分が、いまでは信じられない。

主人公は、夫の介護を十年やり、亡くなったあとは力が抜けてしまった女性。これではいけないと、夫がよく言っていた「毎日がスタートライン」という言葉を思い出す。もっと生き生きと過ごさなくてはいけない、そうだ、毎日がスタートラインなのだと、婚活をはじめる。夫の墓前に花を供えて、「あなたもそう言っていたわね」と報告する。「それ、ちょっと違うんじゃないか」と多分夫は言っているのだろうけれど、彼女はその日から毎日が楽しくなる。

この映画は好評で、モントリオール世界映画祭にも正式出品された。私も楽しい七十七歳の思い出となった。その後は「春なれや」という映画に出た。外山監督はまだまだ若い。これからも独自の手法で映画を作り続けるだろう。私も元気でさえいれば、また出演するチャンスがあるかもしれない。

テレビも映画も舞台も

フリーランスのプロデューサー大賀文子《おおがふみこ》さんの存在も、私の女優生活のなかでは大きい。民藝という大きな劇団を退団してから、あっちへ行ったりこっちへ行ったり。

見かねた演劇界の大御所、舞台美術家の朝倉摂《せつ》さんが手を差しのべてくださった。

朝倉さんのおかげで舞台生活が続けられた。あるときは朝倉さんの演出作品にも出演し、その関係は二〇一四（平成二十六）年三月に朝倉さんが亡くなるまで続いた。

私の最後の舞台「アプサンス～ある不在～」の衣裳も担当してくださった。

その朝倉さんが、演劇事務所の電話番にでもしてと、若い大賀文子さんを連れてみえた。だから大賀さんとは何十年も前からの知り合いなのだ。

その後、大賀文子さんは、私も婦長の役で出演した「ナースのお仕事」というテレビドラマをプロデュースして大当たり。可愛い顔をした若い女性に、テレビ局の偉い人達が頭を下げている様子はほほえましかった。

大賀さんはずっと、いつか一緒に仕事がしたいと思っていてくださったそうで、「ナースのお仕事」以降、私はすべての彼女の作品に出演している。収入のほとんどない舞台ばかり続けていた私にとっては、経済的にもたいへん有難かった。

お金について笑い話のように未だに語られているのは、劇団を辞めた最初の頃、事務所の社長、川口義宏氏が舞台の制作者から、「出演料は七並びです」と聞き、「七万円はないでしょう」と言ったところ、「いえ、七千円です」と言われ、「もう舞台のギャラにはいっさい口出ししません」と宣言したことだ。それ以来舞台は自由にやらせてもらっていた。

二〇一四（平成二十四）年に「ナースのお仕事」のコンビ、大賀文子さんプロデュース、両沢《もろさわ》和幸さん脚本・監督で「御手洗薫《みたらいかおる》の愛と死」という映画が作られた。

一時はもてはやされていたが、いまや年齢的にも作品的にも危機的な状況となった、元流行作家の御手洗薫という女性が私の役。そこに現われたのが、若い作家志望の青年。

輝く美貌のこの男を、なんとか育てたい。彼女のなかに再び情熱が湧き出てくる。どんな手を使ってでもいい、彼を一流の作家にしたい。それは切ないサスペンスだ。老いていく女流作家は自分の身を盛大に飾っている。つけまつげやマニキュアとは縁遠い役ばかりしていた私には、めずらしい。自分の姿が変わっていくのが面白かった。大賀さんは、いつかはこんな華やかで激しい役をやって欲しいと思っていたそうだ。

この「御手洗薫の愛と死」を最近ＤＶＤで観た。長年の友人、エッセイストであり歌舞伎をはじめあらゆる舞台を観ている関容子さんが、「あなたが、こんな芝居が上手い女優とは思わなかった」と、めずらしく褒めてくれた。

いつも彼女には、辛口批評でやっつけられていた。苦言を呈してくれる友人は大切だ。そして、その人に「よかった」と言ってもらえるのは、ことさら嬉しかった。

私の終活

ものが増えると部屋が重くなる

終活問題がいまや大きな話題となっている。いろいろなかたがそのことを書いている。女優さんがトラック何台分の服を捨てた、という話も多い。

私の部屋はものが少ないから、私がいなくなったとき片づけてもらうのにはわりと楽だと思う。それは計画的でもある。

以前から、使わないものは処分する、という性格だったので、ものは少ない。それでも長く暮らしていると、ものというのは増える。部屋が重くなっていく感じだ。これは息苦しいと家中を見まわし、軽くすることを心掛ける。

まずは洋服類だ。これはずっと前から実行している。当時は舞台を頻繁にやっていたので、舞台衣装に使えそうな変わったデザインや、色彩のものを見つけると、いつかは使うかもしれないと、買っておいた。

実際に何年もたってからピタリと当てはまるものもあり、そんなときは予知能力があったと、嬉しくなる。

前述の「ＭＩＴＳＵＫＯ──ミツコ　世紀末の伯爵夫人──」という一人芝居のときも、主人公のミツコは百年以上も前の人物。舞台で掛けていた大きなストールは、実際に百年以上も前に、どこかの婦人が使っていたものだった。

そのストールを見つけたのは二十年くらい前、ヨーロッパの古着屋さんだった。茶色の地に小さくいろいろな色の花が刺繍してあり、周りにフリンジが付いている、いかにもヨーロッパ風の優雅なものだ。

お店の人が、これは昔女優さんが持っていたものですよ、と言う。一万円。こんなストールを使う役なんて演りそうもないとは思ったけれど、とりあえず買った。それが十年もたって、実にぴったりとはまった。

ミツコは実在の人物で、伯爵夫人となってヨーロッパに渡り、ウィーンで亡くなる。ミツコが自分の人生を顧みる長いシーンのとき、このストールを肩に掛けた。これ以上似合うものはない。このストールのおかげで、ずいぶんミツコの気分になれたものだ。

そういうことがあるから、やはり何かの役に、と買っておく。そんな、いつ出番が来るかわからないものが、だんだん増えていった。私服は最小限度少なくしていても、全体にはかなり多かった。

なくなって悲しむものは持たない

舞台をもうやらないと決めた八年前からは、それらを処分しはじめた。あまりにもったいないものは、実際に舞台活動をしている劇団に送った。私服は三人の友人に、それぞれ似合いそうなものを送る。たいていは喜ばれる。だから、私の遺した洋服等は簡単に片付くはずだ。

もともとものも持たない主義だから、簡単だ。とくに高価なものは皆無と言ってもいい。

ずいぶん前から、もし家が火事になったとき、あれが焼けてしまったと悲しむようなものは身の周りには置かないと決めている。

思い出だけが残り、ものはないのが楽でいいと、ちょっと痩せ我慢ではあるが、これでよし、と納得しよう。

舞台で長年使ったストールはヨーロッパの古着屋さんで買ったもの。これも舞台を辞めるにあたって処分した。

妹の部屋、母の部屋

妹の理恵のときは大変だった。

彼女は「私は収入が少ないから小さいところで」と言い、このマンションのいちばん小さい部屋に住んでいた。二部屋の一つが本で埋まっていた。

本箱から溢れ出た本は床に山積みだった。そこまでとは知らなかったので、以前はよく「あの本持っていたら貸して」などと気軽に頼んでいた。どうも時間がかかると思ったことがあるが、真面目な妹は姉の頼みに応えようと、その山のなかからいちいち見つけ出してくれていたらしい。

もう、とても手が付けられなかった。一冊ずつ見ていたら、勿体《もったい》なくて処分できない本がたくさんあるのはわかっていた。そんなことは無理だ。ざっと上の方だけ見て、妹が尊敬していた詩人のかたの本を何冊かだけ残して、あとは人にお任せすることにした。

あっという間にトラックに積まれ、運び去られた。心が痛んだが、仕方ない。

母あぐりは十年寝たきりになってしまっていたので、まず着るものの整理はすぐできた。母もものを持たない人だったので、それもすぐ片が付いた。

ただ、何十年も前に使っていたハサミやコテ、電気アイロンなど、古色蒼然としたものを少々残してあった。これをどうするかと少し悩んだが、やはりあってもどうしようもないと処分した。

これは後悔している。いまでもあぐりさん人気は高く、思い出の品の写真を撮りたいと言われることがあるので、そのたびに早まったと、胸が痛む。

母はオーストラリアに住んでいた親戚のケイコさんという人と仲良しだった。何十年も会わないのに、一週間にいっぺんくらい手紙のやりとりをしていて、その手紙だけはひとまとめにして残してある。

そして母の仏壇にと、千代紙で折り鶴を折って送ってくれたのも、ちゃんと飾ってある。ケイコさんは母が寝たきりになってからは、日曜ごとに電話をくれた。ケイコさんの声は明るくハキハキしていたのでよく聞き取れて、母も楽しそうに話していた。

母がいなくなったことを私はケイコさんに知らせた。「そーお、残念」と言った。そしてケイコさんもその三週間後に突然亡くなってしまった。八十代の終わりぐらいだと思うが、どうしたのだろう。そして、少したってから折り鶴が届いた。

オーストラリア人の夫は早くに亡くなっていたが、一人娘がいた。その人の名は、どうせ私達は覚えられないと思ったのだろう、「サユリ」と呼んでくださいとのことだった。

サユリさんがこの間訪ねてみえたので、仏壇の折り鶴を見てもらった。日本語は少々わかるので、なんとか会話はできた。

「母はあぐりさんが大好きでした。たった一人の日本人の友達でした。折り鶴を送ると言っていたので、私が送りました」

ベジタリアンだと言うので、近くのおそば屋さんで野菜の天ぷらそばを食べながら、「なぜ亡くなったのですか」と聞くと、「ビョーキです」ということだった。でも少し前まで運転をしていたそうだ。長患いをしないで亡くなったのはうらやましいと思った。

幸せな女優生活

情熱がみなぎる撮影現場

浜野佐知監督の「雪子さんの足音」という映画に出演が決まった。素晴らしいプレゼントだ。どんな豪華な品物より、素敵な役をいただくのがなにより嬉しい。

いま私は、雪子さんってどんな女性だったのだろう、私はどんな雪子さんになれるんだろうということで頭がいっぱいだ。何十年もやってきて、まだこんな機会を与えてもらえるなんて、なんと幸せな女優生活だろう。

雪子さんは九十歳で熱中症になり、死んでしまう。誰にも気づかれないまま一週間一人でいた。学生時代に雪子さんの家の二階に住んでいて、いまは四十歳になっている薫は、それを新聞の小さな記事で知る。そして二十年前の日々がよみがえる。

二十歳の青年と、大家の雪子さんとの日々。それは若者にとっては、蜘蛛《くも》の巣に引っかかってしまったような息苦しいものだったのだろう。

雪子さんは、親切にしたかったのだ。薫と同い年の、やはり下宿人の小野田さんという女性にも親切だ。仲がよい。この小野田さんは最後まで名前は書かれていない、名字だけ。作者の意図なのだろう。そのことで、よけいこの女性の内面が濃く浮かび上がってきている。面白い。

三人に共通しているのは、人との距離がうまく取れないということだ。よかれと思うことは他人にとって重苦しいことなのだ。それが上手に動かせない人達。こんな善い人達はいないのに、迷惑な人になってしまう。

夫と息子に先立たれた雪子さんは一人暮らしの淋しさを紛らわすため、二階を貸している二人にめいっぱいの愛情をそそぎ込んだ。

部屋に閉じ籠もっている青年を心配して、食事を運んだ。小説家になりたいという青年には、研究費としてポチ袋に一万、二万と入れて差し出した。

最初はこだわりを示した彼も、アルバイトよりはいいし、とその好意を受けるようになる。栄養のある美味しい食事は外食より有難い、と思う。最初は孫ごっこのアルバイトのつもり、と割り切っていたのに、だんだんエスカレートするその親切は重くなり、雪子さんが食事を運ぶために階段を上ってくる足音は恐怖となる。

「雪子さんの足音」で木村紅美《くみ》さんの小説ははじめて読んだのだが面白くて、その前に書かれたものも何冊か読んだ。もっと読みたいし、これから書かれる小説も待ち遠しい。

「漠然と感じていた人間への恐怖が各場面にくっきり現われる。深層心理を新しい感覚で切り込んでいっている」という書評があったが、その通りだ。物語はいままで気がつかないでいた自分の感覚に刺さってくる。

浜野さんとコンビを組んでいる山崎邦紀《くにのり》さんのシナリオも見事だ。その世界にすーっと入って行ける。

テレパシーが通じて

浜野佐知監督とは二十年近く前、「第七官界彷徨・尾崎翠を探して」という映画に出演したときにはじめて出会った。こんな気分のいい女性がいるんだと感動した。そのすさまじいまでの情熱は全員を巻き込み、撮影現場ははじけるようだった。

また浜野監督の作品に出たいという思いが叶って、「百合祭」「こほろぎ嬢」「百合子、ダスヴィダーニヤ」と、続けて出演した。テレパシーだ。

そして今回の雪子さん。

「空襲のとき、すぐ後ろを走っていた人に焼夷弾が当たって炎に包まれ、悲鳴もあげないまま真黒くなって崩れ落ちるのを見たわ」

雪子さんがそう言うと、二十歳の青年、薫は驚く。

遠いところにあった戦争が、目の前にいる人から語られ、おとぎ話っぽくも思えた。でもそれ以来、電車のなかにいる雪子さんと同年代くらいに見えるお年寄り達が一人ずつ、その内側には、転がった死体を見たり、臭いを嗅いだり、家も持ちものも焼け失せたりした記憶を秘めているのだと、想像を巡らすようになる。

どんな温厚そうに見える老人達も、人を斬り殺したりしたかもしれない。実際に経験した人の言葉は、漫画やアニメとは違って、リアリティを持って若者に伝わったのだろう。私も雪子さんとほぼ同年だけれど、そこまでの経験はない。それがむしろ残念だと思うことがある。

雪子さんの過剰な親切からやっと抜け出した薫が最後の挨拶に行ったとき、雪子さんはこう言う。

「白状しますと……私が死んだとき、まだきれいなうちに下宿人に見つけてもらえたら、という魂胆があったの」

浜野佐知監督の映画「雪子さんの足音」では、下宿人に過剰な援助をする老嬢を演じた。
(写真提供「(株)旦々舎」)

どこまでが本気なのやら言葉通りには受け止められなくて、薫は「はあ」とだけあいまいに返事をする。

雪子さんの言葉が本心だとしたらそれは叶えられず、一人で死んで、暑さのなかで身体は崩れていった。戦争を体験し、空襲のなか火をくぐり抜けて守ってきた命は、あっけなく終わってしまった。

雪子さんはどんな気持ちで最期を迎えたのだろう。

階段を上って行く足音を聞きながら、雪子さんは、女として最後のよろこびを感じていただろう。

雪子さんは幸せだったに違いない。宙につづく階段を上り、雲ひとつない広い広い空まで上って行く。そこには大勢の人達の魂がゆらゆら楽しげに浮かんでいる。

あの人もあの人もあの人も、みんな愉快に揺れている。もうすぐ行くからね。

おわりに

世のなかは重苦しいことばかり、そのなかにいる自分を考えると、もう希望は持てない。なんとかよりよく生きていこうと、みんな思っているのだろう。高齢のかたがたの書く書物はよく読まれている。何か手がかりを見つけたいのだろう。

私もれっきとした高齢者なので、何か若い人達のためになる言葉をお願いしますとよく言われる。しかし、いくら考えても自分の生きてきた人生のなかから、他人に伝える言葉は出てこない。

私はこの世に足をつけて生きてこなかったから、他人は共鳴しようがないだろう。こんな人がいたんだと思ってもらうしかない。こんな人でも楽しく生きていければいいな、と思ってくださるかたが少数でもいれば、よしとしよう。

「風前の灯《ともしび》」という言葉があるが、それがいまの私だ。

ここまで生きてくればそんなものなのかも知れない。願わくばその灯は、ふっと消えてもらいたい。ある日、消える。そのときまでは心もとなくとも、生きていく。

子どもの頃から数えきれないくらいの病気をした。何度も、もう駄目かと思った。

あるときは、本当に三途《さんず》の川を渡った。そこは白い道で川が流れていて、花が咲いていた。やっぱりこういうところなんだ、と思った。私はどんどん歩いて行った。うしろから何人かの叫ぶ声がした。「帰ってらっしゃい」と言っている。私は振り返り、手でバッテンをつくり、「もうおしまいなのよ」と応え、また歩いた。それでも、その人達は、いつまでも「帰ってらっしゃい」と叫んでいる。私は「無理だから」と言いながらも、ずるずると後ずさりして、いつの間にか帰っていった。

さっき叫んでいたのは、たぶんかなりの人数だったと思うが、誰もいなかった。一人で岸に立って、ああ、生き返ったと感じた。

兄の淳之介もよく病気になった。

「きみはいいな、病気になっても必ず治るから」と、ほんとうに羨ましそうに言った。その声があまり切実だったので、可哀そうになった。そして、とうとう兄は治らないたくさんの病気を抱えて死んでしまった。

私は病気になるたびに、兄のその言葉を思い出して、「そうだ、私は必ず治るんだ」とめげないでいた。

病気が私をつくってくれた。まずは我慢強くなった。この世界に長くいられたのも、その我慢強さのおかげだ。

人をうらやむということもない。自分ができることだけをしていればいい。与えられたことだけを一生懸命していればいい。生きていられるのは素晴らしいことだから、明るくいよう。

それにしてもしぶとく長生きしている。今回は家族のことをきちんと書こうと思ってはじめた。この厳しい時期に本を出してくださるというのは有難いことなのだから、その親切に応えなくてはいけない。いま書かなくては再びチャンスはないだろう。

そう心を決めたのにこれがたいへん難航した。

やっぱりだめだと諦めたが、そのたびに励まされた。担当してくださった編集者の加藤真理さん、ホーム社の原多恵子さんには深く感謝します。おふたりのおかげで何とか書き続けられました。ありがとうございました。

吉行和子

二〇一九年　春

吉行和子　よしゆき・かずこ

一九三五年東京生まれ。女優。父は作家・吉行エイスケ、母は美容師・吉行あぐり、兄は作家・吉行淳之介、妹は詩人／作家・吉行理恵。女子学院高等学校を卒業。在学中に劇団民藝付属の研究所に入り、一九五七年舞台「アンネの日記」でデビュー。五九年映画「にあんちゃん」などで毎日映画コンクール女優助演賞、七九年映画「愛の亡霊」、二〇一四年「東京家族」で日本アカデミー賞優秀主演女優賞。〇二年映画「折り梅」、「百合祭」で毎日映画コンクール田中絹代賞。その他テレビ、映画、舞台の出演作多数。

本書は書き下ろしです。

ブックデザイン　縄田智子　L'espace
装画　塩川いづみ
編集協力　加藤真理

そしていま、一人《ひとり》になった

二〇一九年四月三〇日　第一刷発行

著　者　吉行和子《よしゆきかずこ》
発行人　遅塚久美子
発行所　株式会社 ホーム社
〒一〇一―〇〇五一 東京都千代田区神田神保町三―二九共同ビル
電話［編集部］〇三（五二一一）二九六六
発売元　株式会社 集英社
〒一〇一―八〇五〇 東京都千代田区一ツ橋二―五―一〇
電話［販売部］〇三（三二三〇）六三九三（書店専用）
［読者係］〇三（三二三〇）六〇八〇
印刷所　大日本印刷株式会社
製本所　加藤製本株式会社

ISBN 978-4-8342-5329-0 C0095